荒園
Das Feld

【編輯人語】

池上微風，漣漪不止的閱讀體驗

「這本講述小鎮裡死去的人的小說，證明了暢銷書也能擁有情致婉約的文學質感。」——《時代週報》（*Die Zeit*）

如果死亡降臨，蓋棺論定，追憶此生，哪一段是你記憶最深刻的部分？是描繪人生的成功巔峰？還是回憶刻骨銘心的愛情和幸福？或是懷恨那些傷害、背叛過自己的人？耿耿於懷曾經遭受的不公平對待？

羅伯特．謝塔勒以此為題，寫成《荒園》。鬼斧神工塑造了二十九個鮮明獨立的角色，如老人、小孩、母親、男人、市長、蔬果商販、花店老闆、賭徒……角色迥異，性情也截然不同，唯一的共通點，是都曾在這座平凡無奇的小鎮活過，死後留下片段的人生故事。讀者彷彿驚鴻一瞥，便窺盡了他們的一生。

更精采的是，這不僅是個別角色的陳述，也呈現出完整的人際網路連結。愛過的情侶、情淡的夫妻，學生時代受欺侮的倒楣鬼與欺侮人的壞學生、暗戀的男人與被暗戀的女人……有的關係必須傾聽不同立場者的陳述，才能得窺全貌，有的事件卻有如羅生門一般，充滿了衝突與疑問。

羅伯特．謝塔勒是近年歐洲小說的新起之秀，既是作家，也是劇作家，更是優秀的演員。自二〇〇七年發表處女作以來，出版作品幾乎本本得獎，二〇一四年《一生如寄》（商周出版）入圍曼布克獎決選，受到歐洲文壇肯定，銷售上也屢見佳績，蟬聯德國《明鏡週刊》小說類排行榜第一名長達七十八週，可見深受讀者的喜愛。他的文筆簡練、要言不繁，筆觸溫柔慈悲，優美沉靜，擅長描寫細微的心靈變化。小說風格安靜內斂，但深入其中，卻能感受池上微風，漣漪不止的震盪。僅將《荒園》推薦給讀者，一起感受羅伯特．謝塔勒所創造的世界。

陳名珉（商周出版編輯）

【各界好評】

「如果有一天要回顧我的一生，我想說些什麼？……這本小說是如此寫就的。非常個人的東西，輕輕的一拳，打在每個人的臉上。……這位奧地利作家是我的最愛。」

——《西德廣播電台》（*WDR*）

「這本講述小鎮裡死去的人的小說，證明了暢銷書也能擁有情致婉約的文學質感。」

——《時代週報》（*Die Zeit*）

「死亡之舞很少有這麼輕鬆愉快的。」

——《德國公共廣播電台》（*ARD*）

「一本罕見的小說，它觸動且改變的一個人的人生。」

——《西南德廣播電台》（*SWR*）

「謝塔勒總是不想那麼簡單就滿足大家的期待……他的幽默和他對於戲劇的品味一樣冷靜而樸實。」

——《法蘭克福評論報》（*Frankfurter Rundschau*）

「整個小說的布局令人拍案叫絕……讀來欲罷不能，居然一下子就讀完了，不免令人悵然若失……德語文學史上很少有作家像他這樣，能賦予他小說裡所有的人物如此深刻的尊嚴。」

——《法蘭克福匯報》（*Frankfurter Allgemeine Zeitung*）

「謝塔勒是個反英雄敘事的大師。他的短篇小說描繪失敗者的溫柔的美，令人想到文壇巨擘羅伯．瓦瑟（Robert Walser）。」

——《時代周報》（*Die Zeit*）

「作家讓二十九位死者訴說他們在小鎮裡成長的一生，他用最平凡的故事感動了每個讀者，卻又不落於俗套；他將角色的人生，點點滴滴交織在一起，由此構成一部小說，這只有偉大的小說家才辦得到。而謝塔勒當之無愧。」

——《法蘭克福評論報》（*Frankfurter Rundschau*）

「這位作家對於寧靜與人生終點的描述，無人能及……謝塔勒的小說樸實而不濫情，每個稍縱即逝的瞬間，一切宛如梗跡萍蹤，如此之輕又如此沉重。不知何時，不知怎麼的，就這麼到了終點，而這就是我們的生活。」

——《焦點雜誌》（*Focus*）

「羅伯特．謝塔勒的字裡行間散發出特殊的尊嚴和力量……沒有怨恨、沒有怒火，人生是如此艱困，卻依然扎根深厚，用不可思議的優雅來書寫。」

——《北德廣播電台文化頻道》（*NDR Kultur*）

「羅伯特・謝塔勒的書非常成功，扣人心弦、震撼人心，令人有一段時間無法繼續閱讀其他書……謝塔勒的語言寧靜致遠，生動、感性地勾畫出了一整個世界。」

——《日報》（*taz*）

「羅伯特・謝塔勒是德語圈文學的一代巨匠。」

——《世界報》（*Die Welt*）

「因為羅伯特・謝塔勒，奧地利當代文學額外贏得了一種人們絕不想放棄的聲音。」

——《奧地利廣播電台》（*ORF*）

【專文推薦】

生命的荒園

楊瀅靜

「如果你能聽見亡者說話？他們會告訴你什麼？」環繞著這個問題，一個可以聽得見亡者之聲的人揭開了小說的序幕。他說：「他們一定會敘說自己的人生。人或許都要在死去之後，才能對自己的一生蓋棺論定。」所以當亡者們絮絮叨叨時，除了說自己的故事，連帶也引導出其他人的一生，因為生命總是彼此相連。像是〈列尼．馬丁〉一節，必須與其後的〈露易莎．塔納特〉節並看，故事才會完整。列尼與露易莎本是情侶，因列尼的嗜賭而分手，分開三年後，列尼得知露易莎已另結新歡，於是繼續沉溺賭博虛度光陰。如果單看列尼的敘述，他的人生顯得那樣頹唐無望，但從露易莎的角度自述，仍滿含對列尼的牽掛。或許生命中的遺憾就像月亮一樣，人們看見的，永遠是明亮的那一半。

而人與人的故事組成起來，也可以是鎮的歷史。鎮裡發生的幾件大事，在亡靈口中談來，彷彿昨日：瘋狂神父燒毀教堂、農夫將不毛之地賣給了鎮長、鎮長開發的娛樂商場，從建造開始就彷彿遭到詛咒般風波不斷……

從故事的角度來看，這座小鎮的所有人，就像是一個大機器裡的小螺絲釘，打造出鎮的風貌。看似安靜又孤獨的小鎮，居民們總在散步時遭遇彼此，影子的黑互相擦肩沾染。如果你是外來的遊客，可以租住在「黑山羊」廉價旅館，或考慮在橋街置產。這裡的人總在市集街購物，晚上在「金色之月」喝酒，到墓園參加葬禮，日常緊密的關係串連起一座鎮民的蛛網，看似堅實，但有可能揮手就崩解，當舊的連結消失，新的人際脈絡又再度成形。逝去的人曾讓這小鎮運轉，也帶動著讓小鎮衰老。無論他們生前如何，當他們死去時，卻也濺不出多少水花，小鎮波瀾不驚。亡者述說自己的故事，聽起來彷彿風聲，回憶皆是行走在地獄屋脊看花，生命有時就是這麼一回事，可惜看到的花並不實有，只是煙花，稍縱即逝，最後都成了亡者之聲，無法掌握。

小說的主要的場景——保羅鎮墓園中最古老的一區——荒園，令人想起鄭愁予的詩〈厝骨塔〉：

幽靈們靜坐於無疊蓆的冥塔的小室內
當春風搖響鐵馬時
幽靈們默扶看小拱窗瀏覽野寺的風光
……
窗下是熟習的掃葉老僧走過去
依舊是這三個樵夫也走過去了
啊，我的成了年的兒子竟是今日的遊客呢
他穿著染了色的我的舊軍衣，他指點著
與學科學的女友爭論一撮骨灰在夜間能燃燒多久。

寧靜的墓園風景大同小異，在安息者之間，生者來去穿梭，生死界線似有若無，陰陽兩隔卻又能和平共處。首章可以聽見亡靈之聲的人，在最後一章也加入死亡的隊伍，蓋棺之後有了自己的名字：哈利．史蒂文斯。揭幕的人也負責落幕，有始有終。哈利．史蒂文斯始終保持著一種智者的姿態，最後他說：「活著的人，思索著死亡。死掉的人，則談論著生命。這算什麼啊？其實不管是哪邊，對另一邊都一無所知。」或許更積極的作法是在活著的時候就思索活著，思索著在死後才能回顧的這片生命荒原裡，該蓋出點什麼？城市或是花園，舒適的家宅還是農田？當然不管怎麼計畫，最後也可能都會荒蕪一片、雜草叢生，成為埋葬自己身心的荒園。

在電影《空氣人形》裡，充氣娃娃小望和老人在小鎮的公園廣場相遇，老人問她：「妳知道蜉蝣嗎？一種只為產卵而活的生物，產卵以後也只能活一兩天，所以身體是空的。」小望說：「我的身體也是空的。」

老人指著自己：「我也是一樣，特別是這個鎮上的人，大家都一樣，不是只有你空空的而已喔。」還好在保羅鎮上，每個人都有故事可說。從他們的敘述裡，你會讀到各種飽滿的靈魂，用詩一樣的口吻在訴說生命。

（本文作者為詩人、東吳大學中文系兼任助理教授）

聲音

男人的視線越過那些墓碑，它們躺在他眼前的草皮上，彷彿被人撒落一地。墓園石牆上草長得很高，飛蟲在空中嗡嗡盤繞。那搖搖欲墜、覆滿蔓生的接骨木枝葉，有隻烏鶇正蹲坐在上頭間關鳴唱著。男人看不見牠。他的視力出現狀況已經好一陣子了，而且即使問題逐年惡化，他仍拒絕戴上眼鏡——他身邊總有人提出這樣的建議，不過他不想聽。每當有人跟他說起這件事，他總說自己已經習慣，而且對於置身在四周漸增的朦朧中，也覺得怡然自得。

天氣好時，他每天都來。他會在那些墳間閒逛一會兒，然後坐到一棵長歪了的白樺樹下的長木凳上。這把長凳子並不屬於他，不過在他眼中那是他的椅子。它老朽腐爛，通常沒有人敢往那上面坐；可是他卻把它當人一樣噓寒問暖，用手輕撫著木頭，道聲「早安」或者「昨晚可真冷，不是嗎」。

這是保羅鎮墓園裡最古老的一區，許多人稱這個角落為「荒園」。這裡以前是一個名叫費迪南．尤納斯的牧農的廢耕地。它是塊不毛之地，亂石纍纍，長滿有毒的黃花毛茛。也因此能有機會把它脫手賣給鎮上，農人真是喜出望外。這塊地雖然連牲口都養不起，埋死人倒還綽綽有餘。

現在幾乎沒有人會來這裡了。最後一場葬禮是幾個月前的事，男人忘記了埋在地下的是誰。他記得清楚的，是多年前的一場葬禮；一個夏末的陰雨天，人們把花店老板格雷戈里娜．史塔瓦奇葬入土裡。她躺在花店儲藏室裡，兩個多星期沒人發現，店面賣場凋萎的切花上積滿了灰塵。他和其他幾個來弔唁的賓客立在墳旁，聆聽神父說話，之後下起了淅淅瀝瀝的雨。他與花店老板的對話，從沒超過幾句，不過自從有次在付錢時無意間觸碰到她的手，他就感覺自己與這個不起眼的女人之間，有種奇特的緣份。當墓園的園丁動手鏟土時，淚水自他的臉上滑落。

他幾乎每天都坐在白樺樹下，任心思遊蕩，思索著那些死去的人們。躺在這裡的人他差不多都認識，或至少這輩子曾經打過照面。他們生前大多是保羅鎮的普通老百姓，不是工匠或生意人，就是市集街上或兩旁巷弄裡那些商號的僱員。他試著回想他們的面容，並把記憶與那些影像兜攏在一起。他知道影像與事實不符，它們和那些人還活著的時候的樣子，說不定沒半點相似。不過他全然不在意。那些在他腦海中忽隱忽現的臉譜，讓他感覺很是歡喜。有時候他會不動聲色地竊笑，上身向前微傾，雙手交疊在小腹上，下巴則幾乎垂靠到胸膛。如果此刻有人從遠處觀察他——譬如一個園丁，或一個不小心走錯路的掃墓者——可能會得出這樣的結論：這男人正在祈禱。

事實是：他相信自己聽得見那些死去之人在說話。或許聽不清說些什麼，但能清楚意識到他們的聲音，一如周遭那些鳥的啁啾鳴唱，以及昆蟲的嗡嗡作響。有時候他甚至認為，自己從那團合聲中聽出了隻字片語，不過即使如此費力傾聽，卻未能將那些片斷，組合成什麼有意義的話語。

假如每個人的聲音都有再次被聽見的機會，他不禁描繪著那情景將會是如何。當然，他們一定會敘述自己的人生。他認為，人或許都要在死去之後，才能對自己的一生蓋棺論定。

不過這些亡者，說不定對自己身後之事興趣缺缺。他們認真談論的，搞不好全是另一個世界的事。關於自己置身的另一個世界，到底是什麼感覺；關於蒙主寵召，離世回歸；關於被主接納，與神合一。

然而他拋開了這些念頭，覺得想這麼多未免太多愁善感也太可笑。懷疑的情緒自心底油然而生，或許死去的人和活著的人沒什麼兩樣，都只會叨念著無關緊要的瑣事，哭哭啼啼、吹噓誇大。他們抱怨訴苦，還會美化往日的記憶；他們牢騷不斷，責怪咒罵，也誣蔑中傷。他們當然也談到自己的病苦，甚至可能「只」專注談自己的病苦——關於自己如何纏綿病榻、如何嚥氣死去。

在那棵歪歪倒倒的白樺樹下，男人獨坐在長椅上，直到日照西斜，落到墓園的牆後。他展開雙臂，彷彿丈量眼前的這方土地，然後手臂慢慢放下，又深吸了一口氣，空氣中有潮濕的泥土氣息與接骨木的花香。這才起身離去。

市集街上的商店正要打烊，店家們忙著把裝滿內衣、玩具、肥皂、書刊或廉價品的箱子與貨攤收回店裡。放下捲門的喀噠喀噠聲不絕於耳，街尾則傳來蔬果販那刺耳的吆喝聲，他正站在一只箱子上，向人推銷賣剩的甜瓜。

男人信步徐行。一想到接下來整個夜晚只能坐在窗邊看街景，他就感到害怕。有時候他舉起手，向某個對他問好的陌生人回禮。人們一定認為他過得挺稱心的，以為他走在被日頭晒暖的石板路上，步履輕鬆愉快。然而走在自家門前的小街上，他只覺得既陌生又不安。

他駐足在布克斯特以前經營的馬肉舖櫥窗前，俯身端詳著自己在玻璃窗映出的自身影像。他喜歡把自己仍看做是年輕小伙子，無奈在那雙與他對視的眼睛裡，再也沒有能點燃想像力的火花。他的面容只見蒼老與黯淡，輪廓也已經嚴重走樣。不過還有片青春的小綠葉，掛在他的髮稍上。他把它彈掉，移回視線。腦筋已經糊塗了的瑪格列特‧利希特萊正走在對街，手上拉著裝得滿滿的購物車，可事實上她根本不會去採購。他在她身後點頭致意，繼續前行。現在他走得比剛才快。一個念頭——或者更像是一種對於此生歲月的理解，在腦海中浮現：還是年輕小伙子時，他只想打發時間；在那之後，他想的是如何挽回歲月；而現在因為老邁，時光倒流成為他最深切的渴盼。

這就是老人心態。他不知道自己能從中領會到何種意義，反正現在他只想先回家，因為隨著太陽下山，天氣將轉涼。回家後，他會允許自己先在櫥櫃前小酌一杯，然後再換上柔軟的棕色長褲，坐在廚房的桌子旁——必須背對窗戶。因為他認為，只有背對著世界，在全然的寂靜與心無旁騖中，才能有始有終地完成思考。

漢娜．海姆

我死去時，你就坐在我的身邊握著我的手。我無法入眠，我不需要睡眠已經很久了。我們聊著天，訴說著往事，然後陷入回憶。我注視著你，用我一直以來喜歡的方式。你並不是個好看的男人，鼻子大得誇張，眼皮倦睏無力，皮膚既蒼白又多斑。是的，你並不是個好看的男人，但你是我的另一半。

你記得嗎？那時我還是學校裡新來的菜鳥，第一天在教師室裡你就問我，我的手怎麼了？這隻手畸形了，沒辦法，我說。你拿起我的手瞧了瞧，指向窗外說，看見那棵樹了嗎？它的樹枝並沒有畸形，只是彎了，這是因為它們要迎向太陽生長。老實說，我覺得你這樣太濫情了，可是我喜歡你用拇指輕撫我手指的方式。也喜歡你那大得不可思議的鼻子。我想，我覺得你有點性感。

經過了五十年，你還是一直始終握著我的手。對我來說，那就像你從來沒有放開過，我也對你說了這種感覺。你笑著表示沒錯，你確實沒放開過！

我不記得我所說的最後一句話是什麼了，不過那一定是對你說的，毫無疑問。我問你能不能把窗戶打開，當時我覺得自己可能需要一點新鮮空氣。然後接下來呢？接下來我說了什麼？

不過對於跟你說的第一句話，我還是記憶猶新。那是我們在教師辦公室裡對談前的事。其實那天早上我到學校時，就看見你從我面前越過校園中庭。我叫住了你，問你校長室該怎麼走。抱歉！我說，我是新來的，可以請教您一下嗎？我向你問了路，但其實我知道該怎麼走。你只說了句「小姑娘您跟我來吧」，就繼續沉默地向前。你的步伐又大又重，上身微微前傾，雙手則在身後交握，一如你平常走路的樣子。那一刻晨光閃耀，學校大門的影子，在水泥地面上拉出又長又寬的條紋圖案。那天我穿了一件薄荷綠色、帶著白衣領的合身洋裝，衣服是一個阿姨給的，而我費了好幾個小時的工夫，才把它修改成我的尺寸。白衣領是從爸爸的一件舊襯衫上剪下縫上的，當時我還希冀著這身打扮能為我的外表增添幾分自信與果斷；不過在跟著你穿越中庭時，我覺得它既過時又拘謹，而這讓我感到難堪。

這不是很奇怪嗎？我記得多年前身上一件衣服的顏色，卻不記得自己死的時候，是在哪一個季節。

我怎樣也沒想到你是老師。或許某部分的我，還背著書包紮著小辮子坐在教室裡，所以在想像中，所有的老師都得有一把年紀。兩鬢飛霜的老太太與老先生，身上聞起來有粉筆與咖啡味，為人師表的權威，則如他們羊毛背心的袖口，在歲月中磨損不堪。但你卻是年輕的。你穿著一件皺巴巴的襯衫，衣領敞開，腳上則是一雙皮製涼鞋。那時沒有人穿涼鞋。或許當時我認為你不是學生家長就是學校警衛，我不記得了，反正不可能是老師。也或許當我跟在你身後走向學校建築時，什麼念頭都沒想，只管瞧著你背在身後的手。你的指尖顏色看起來是如此紅潤，彷彿發光發熱，完全出自本身的能量。

你打開窗戶，身形映成了一道剪影。那窗簾，有一瞬間被風吹得鼓脹了起來。有光線，那必定還是白天……還是已經又白天了？你起身去開窗時，放下了我的手。你並不是突然鬆開，而是把它擱在枕上，讓它靠著我的頭。面對著這隻卑微的畸形的手，我嚥下了生命中的最後一口氣。

你不喜歡咖啡。咖啡不僅會染黑牙齒，也會染黑人心，在教師辦公室裡你這麼說著。看看四周吧，一群黑心的同事，全是魔鬼一樣的傢伙！有幾個同事笑了，其他大部分人則裝作什麼都沒聽見。真正把你的話當一回事的，就只有那個數學老怪才尤赫廷恩。他推開窗戶讓溫暖的空氣流進來，啟迪我們吧！黑暗之友，他喊著，一面瞇起紅腫的眼睛，迎向窗外的夏日之光。

我躺在床上，聽著牆裡暖氣管隱約發出的嗶嗶聲（所以那是冬天？）。長久以來撕裂著我的疼痛，我只把它當作微不足道的記憶，藏在心裡。疼痛不知何時突然消失，我心知肚明，這種解脫，意味著一場最後的告別即將開始。不過，我們還有點時間。你坐在床邊，握住我的手，我們向彼此敘說……

「小姑娘您跟我來吧！」我沒有立刻聽出你語帶諷刺，這個稱謂對當時的我是理所當然的。我們一前一後，走過水泥地上由陰影構成的格子。我能聽見我們的步履聲，迴盪在被晨曦染紅的牆面上。我們沉默地走著。我突然想起，就在快要走進前廳的陰影裡時，我們還說過話。小心！你說。而我回答：好的。可是你要我小心什麼呢？

你立在窗邊。微微向前拱的肩，瘦長狹窄的背，後面則是——現在也還是——你背握著的雙手。我有多常看到你這樣站著？從我們搬進這間公寓的那天開始，你就喜歡俯看街景。有時候我從下午的課堂或採購回來，大老遠就看見樓上窗邊的你。如果那天我提了大包小包，我會放下它們來向你招手。酸櫻桃街二號三樓，有誰料想得到，這個我們共有的第一間寓所，也成了我們的最後一個？

在我們踏進學校建築時，你突然從我眼前消失了。那一定是血液循環作祟，前一晚我幾乎整夜未眠，那天早上又什麼都沒吃，有好一瞬間，我站在晃動的黑暗中。再回過神來，你已經站在那座大階梯上。你沒留意我是否跟上，只管快走上樓梯，還總是兩階做一階跨步。跟在你身後，我們的腳步啪答啪答響，迴盪在清冷的寂靜中。

你握住我的手，拇指輕輕摩挲著我的手指，我那彎曲的小樹枝。你的另一隻手放在大腿上，當你在敘說事情時，雙眼是闔上的。你眼瞼下的眼球，會跟著描繪的影像倏然轉動。白晝之光流瀉在你的臉上，然後是夜晚的光。我常常聽到從你大腿上傳來的腕表的滴答聲，日與夜從我們身旁流逝，宛若以縮時快轉的速度。有時候我們一起睡著了，而醒來時，一切依舊。

你問我從哪裡來的，我故意裝傻。從外面來的，我說，不然呢？我想，這樣回答的我顯得大膽冒失。此時底下的中庭傳來了孩子們響亮的呼聲與尖叫，伴隨著一陣齊聲哀嘆，教師辦公室裡動了起來。老怪才尤赫廷恩先關上窗戶，之後閉上眼睛。你的拇指停下動作。外面可真遠，我的小姑娘，不過現在您在這裡了！

你把我的手輕放在枕上。布料又滑又涼，而我的呼吸很暖。你的腳步踏得地板嘎吱嘎吱響。你的背，你的肩，彷彿鑲在敞開的窗框裡面。似乎有光環繞著你在跳動著。我想我聽到割草機在隆隆作響，還是鏟雪機？我對你說你該把窗戶關上了嗎？我提到明天了嗎？我跟你說我愛你了嗎？你還記得嗎？

蓋德・英爾蘭

這個世界有羊也有狼，但沒有選擇。你沒有挑選的餘地，瞭解嗎？與決定無關，這是命運。不過你很幸運，你是一隻狼。你強而有力且耐力十足，你不會被吃掉。你會吃掉別人，沒有人嚐過狼肉的味道。命運站在你這一邊，你是我們的一份子。

爸爸告訴我這段話時，我十歲。他在銀行工作，衣櫃裡掛了大約二十條領帶，還有一排刷整熨燙過的西裝。「現在一切都很好，而且還會更好。」他坐在沙發上環視客廳時說。坐在他身邊的媽媽則把手搭在他手上，點頭表示贊同。她把玩著爸爸手背上長長的黑色汗毛，我搞不清楚，她是喜歡還是痛恨這些汗毛。她那又拉又扯的樣子，看起來好似要把它們都拔掉。

我人生的第一個記憶，也和毛髮有關。當時我非常年幼，坐在一片窗簾後的地板上。有一扇窗戶是打開的，窗簾飄動，陽光則穿透布料閃爍爍。然後窗簾被拉開，我的母親站在那裡哭泣。說不定她是在笑，在我的記憶中，哭笑那並沒有什麼差異。她把我抱起來，頭髮間有廚房以及星期天早晨的味道，它長而金黃，我有種感覺，那髮長彷彿足以覆蓋我全身，我幾乎能藏在媽媽的髮絲裡。

後來我們搬進了市集街後面的一處頂樓公寓，那裡又窄又小，不過卻能讓我觀察到四周屋頂上的鴿子。偶爾，也看得到紅隼。在黃昏朦朧的暮色中，蝙蝠會斜側著身體在煙囪上方疾飛，就像喝醉了的小黑影。

我蒐集著甲蟲、蒼蠅以及其他昆蟲。我活捉牠們，放進小小的金屬罐裡。如果把罐子放在耳邊，可以聽到牠們如何死去。死去的蟲子會慢慢失去水分，然後變得有如卵石一般硬。

爸爸去銀行上班，我去學校上學，媽媽則是每天在早餐前，就把我們的衣物放在椅背上：一套乾淨的西裝給爸爸，給我的則是長褲與襯衫。

她帶著一抹怪異扭曲的笑容在做這些事，其實幾乎不管做什麼，她臉上都掛著這絲歪斜的微笑。我無法確切說出那意味著什麼，卻有個感覺，或許她是在為我們感到驕傲。

我慢慢長大，結交朋友，對女孩子感到興趣，應付學校完全游刃有餘。一切順利，如同預期。生命是一趟值回票價的旅程，我認為我已經理解。不必猜測它會將我引領向何方，我確定自己找到了那條正確的路。

然後發生了一件事。那是晚末時分，我才剛滿十七歲。我們有三個人正要橫越校園中庭，那是一片開闊的、半點遮蔭都沒有的水泥地。矗立在我們面前的，是學校那座面向馬路的鑄鐵大門，它有一棟房子那麼高，漆成黑色，帶著在午後豔陽下發出璀璨光芒的金色尖頂。天空飛過一群黃連雀，牠們飄忽閃動的影子投映在中庭地面上；在突然下沉並消失在校舍後方之前，有幾瞬，這團身影忽高忽低地飛舞，有如風中的面紗。那是個大熱天，歷屆學生亂吐在水泥地上的口香糖都被晒到變軟，然後黏在每個往來人的鞋底。

約翰納斯・史東站在街上，那是隔壁班的一個男生。他長得並不特別高，肩膀卻又壯又寬，胸廓飽滿結實有如圓桶。他有一顆像小孩子一樣的大腦袋，頭髮則又短又金，兩顆眼睛長得很近，在跟人說話時，幾乎無法正視著對方的雙眼。在學校以外的地方，沒有人會願意跟他打交道，不過每個人都知道他與母親同住。那是個粗壯有力的婦人，總在刷洗著市集街商店前的人行道，和擦著櫥窗玻璃。

他站在那裡抽菸，眼睛盯著地面，彷彿從中可以發現什麼有趣的不得了的東西。我們走到他面前，我說他該給我一根菸。他頭連搖都沒搖一下，太陽穴旁有串細小的汗珠在發亮，左手拿著菸，右手則插在褲袋裡。我說我不想找你麻煩，只想要根菸來哈。他沒吭聲。一輛滿載著垃圾與破銅爛鐵的卡車噹啷噹啷地駛過馬路，駕駛的手搭在車窗外，手指正隨著聽不見的音樂，在車身板金上敲打著節奏。那卡車轉了彎，噹啷噹啷的聲音也漸行漸遠。幾個女孩的尖叫笑鬧聲從教室哄然而出，但在窗戶砰一聲關上後安靜了。

「你不是想要一支菸嗎？蓋德。」站在我身後半公尺處的朋友幫腔道。那時我們被視為是焦孟不離的好兄弟，但不到幾年，我就再也記不得他們的面容。

我向史東踏近一步，「你不想自找麻煩吧！」我說，「還是你敬酒不吃要吃罰酒？史東。」

他悶聲不響。他站在那裡，注視著地面，自顧自地吐著煙。一會兒他讓菸蒂從指間掉落，眼睛往上瞧，視線穿過我們投往學校中庭的方向，那裡有幾個小孩正在互相追趕著。我感覺自己汗流浹背，那種滋味，就像熱氣從所有的毛孔中鑽了進來，灌滿我全身。我直視著他的臉嗆道：「我要給你好看！」

這個舉動很瘋狂，可是當時我真的想這麼做。我試圖抓住他把他拽過來，不過就在我揪住對方的衣領前，有如閃電般，他從口袋裡抽出拳頭，對著我的胃就是一擊。我的上身往前栽倒，然而就在蜷身滾開前，他用膝蓋猛頂我的額頭。我一陣踉蹌跌在鐵欄杆上，然後慢慢癱軟倒在鋪了石磚的地板上。我往上看到那高高聳立的金色尖頂，有如風中蘆葦般在晃動。史東的臉出現在我視線的正上方，我想爬離原地，卻不知道該往哪個方向去，只能閉上眼睛，把雙手摀在臉上。我感覺自己貼在地上的耳膜鼓動得愈來愈響，在某個瞬間，整個人彷彿穿透了石磚，感受到土地的脈動。

我度過了中小學時期，整體來說，算是滿足了眾人的期望。在最後一次走過校門時，我沒有轉身回頭，而是眼睛死盯著前方。我想繼續相信，人生還一直走在那條正確的道路上。

十九歲時為了上大學，我離開保羅鎮。那是個天氣和暖的早晨，公車駛出鎮上時我笑了，不過那是個有氣無力的笑，我也不相信那是笑。

我打算盡快完成學業，展開職業生涯。我去上課，選修專題討論，設法積極參與大學生活。我們每天都在學校周圍的小酒館中碰面，大夥兒高談闊論，話題多半圍繞著政治。因為有酒精在其中作祟，談話的氣氛總會變得相當熱烈激昂，不過我在喝酒這方面是有節制的。一種不知名的恐懼盤據在我心頭，有時候如果場面太過喧鬧，或某個愛挑釁的傢伙變臉跳起來，那股冰冷的驚駭感就會湧現。然後我會喊出「住嘴」、「拜託住嘴」，不過其他人只是笑個不停。於是我學會自我克制，閉嘴坐在邊上，如果有人瞄到我，我就試著擠出微笑。

第二年我愛上了一個女孩。她非常美麗，至少我是這樣認為。她的肌膚色澤有如花蜜，純淨無瑕找不到任何斑點，完全沒有！比我所看過或摸過的任何事物，都要更加光滑更柔嫩。不在她身邊時，我會犯相思病。不過後來當我站在她公寓門口，稱讚她肌膚的柔軟細緻時，她卻放聲大笑；笑聲之響亮，即使後來因羞辱與氣惱而佇立在街上顫抖，都還彷彿聽見那樓梯間裡傳來的回音。

那種感覺，就好像我原已脆弱的心，現在終於破碎了。我不再參加同學間的聚會，晚上則獨自待在房裡。幾個星期過去，我的日子一成不變，直到某天有人在門縫裡塞進一封淺黃色的信封，帶來一個消息。

爸爸死了。

有時候你可以讀某些字句，卻無法理解它的涵義。沒有痛苦也沒有悲傷，就只是怪異。這一刻周遭的時間彷彿靜止，它凝結成某種膠狀物，而你的思緒，則有如到了秋天活動變得遲鈍的蒼蠅，只能繞著這團果凍嗡嗡作響。而隔壁房間的收音機，始終在放同一首歌，不斷地重播又重播。

媽媽和我辦完了葬禮。不是告別，而是了結了一件事。我們在墳前並沒有哭，爸爸工作的銀行送了一點錢，而我又住進了我原本的房間。在房間裡的一個抽屜中，我找到那個裝了昆蟲的罐子。我沒把它扔掉，不過也沒把它打開。我讓所有的東西都保持原狀，讓自己再度回到那個孩提時代的小王國。

爸爸去世後，媽媽臉上不再有笑容。那抹歪斜的微笑，似乎就這樣煙消雲散。跟著笑容一起瓦解的，還有她的臉，以及之後整個人。我的母親就這樣無聲無息地消失，而一直在她死後多年我才明白，現在我是孤單一人了。

後來我在萊贊父子保險公司找到一份工作，跟三個女人共用一間辦公室。我們的任務是歸類帳目，還有劾查收支。其中一個叫松雅的女人，確信自己在我身上看出了一些特點，於是有天晚上我們約了會。我們喝了酒，而那是個錯誤，因為在那之後她想跟我回家。我帶她回家，兩人坐在沙發上，我對她扯了些即興拼湊出來的東西，幾乎沒有意識到她的第一次觸摸。過了一會兒她把臉頰靠在我的面上，我嗅著她的味道，酒精的作用與她頭髮的芳香使我昏昏沉沉，如果不是因為一件倒楣事發生在我身上，或許一切都會有所不同。而她說我不必太在意，這樣的事任誰都會遇上。她邊說邊撫摸著我的頭，就像在安撫一個小男孩。

這件事發生後幾個星期，松雅辭職了。她說她想勇於突破，嘗試展開新生活。然而看見她清理自己辦公座位的同時，我心裡有種說不出的感受；彷彿隨著她大手一揮，一口氣掃進袋子裡帶走的，不只是她桌上所有的東西，還有我做為男子漢的機會。

我感到困惑，覺得自己的腦門好像被猛撞了一下。不過同時也感受到某種程度的解脫，如果不是三個星期後在某個街角撞見她與史東擁抱在一起，松雅在我的記憶中，或許很快就只剩下模糊不清的影像。

那天從一大早開始就在下雨，一種濕冷的、毛毛細雨狀的十一月霪雨，整座小鎮籠罩在一片昏暗不明的灰濛濛中，街燈的光與招牌上的照明，都在地面的小水窪裡閃爍不定。看到他倆時，我正在下班回家的路上，急著要穿越市集街。路上深秋落葉翻動的樣子，有如在水色黝暗的河面上隨波逐流。他們站在蘇菲亞．布萊爾斯小雜貨店的屋簷下，史東的雙臂環住了她，她的頭則靠在他的胸膛。松雅的雙眼闔上，史東則微仰著頭，將視線投在雨中。從中學畢業後，我就再也沒見過史東，他太陽穴邊的頭髮有些灰白，不過那張有對靠得太近的眼睛的臉，卻幾乎沒怎麼變老。他的手從她背上緩緩往下移，全身上下一陣戰慄般的抖動。然後他把臉撇向我這邊，而就在同一時間，我看見他的鼻翼大張。

這一切都已經是陳年往事了。在我的記憶裡，雨從此就再也沒有停過，整個世界都沒入了水中。現在我躺在這裡，在我的父母之間，而這條路並不算太遠。此地很安靜，只有在某些夜晚，我能聽到一陣從遠方傳來的嚎叫聲。剛開始非常微弱，帶著清晰且規律的音調，就像小孩的哭聲；不過它很快就會增強，變得更響亮且更具壓迫性，直到幾乎充塞了整個夜晚。我安靜地躺著，聆聽那狼般的嚎叫，直到它戛然而止。後來我明白了，那只不過是風，正穿過墓園那堵破牆上的洞。這個人頭般大的破洞，是老史威特那個不成材的兒子喝多時，在牆上踢出來的傑作。

松雅・麥爾斯

星期六放學後，我總會去拜訪爺爺。我們會坐在桌邊一起下棋，而在那過程中，他總會忘記我的名字或那些他正拿在手中的棋子叫什麼。偶爾他也會詢問妻子什麼時候才會回來。奶奶已經過世二十年了，但是我不能這樣回答他。我會說，今天她會晚一點回家。這麼說能讓他平靜下來，然後我們才能繼續下棋。櫃子上放了一張奶奶的照片，一位年輕的女子，並不特別漂亮，臉上也沒有什麼特別引人注目的地方。她穿著淺色上衣，脖子上戴了一條項鍊。似笑非笑，幾乎什麼訊息也沒透露，不過爺爺認為，她是在嘲弄他。因為想看得更仔細，有次我把這張照片從相框裡拿了出來，然後發現相片背後有些用鉛筆寫的字。

我會病苦
並以女英雄之姿
在我名為一切枉然
的悲劇中
死去

爺爺對這段話也完全摸不著頭緒。我把照片放回相框裡，然後繼續下棋。他考慮良久後說道：把我的兵下到C7上吧！

霍貝格神父

戰爭結束時，我三歲大。而當父親在十一月的某一天回到家時，我五歲。

他面無血色地站在門邊，肩上掛著一只皮製的袋子，垂眼看著我。他穿了一件厚重的大衣，釦子沒扣上，底下套的則是件破舊的毛線衫。在他抱起我並把我的臉壓在他胸前時，我感覺到了那毛衣裡的濕氣。母親站在我身後的廚房裡，從收音機傳出的氣象播報聲，蓋住了她破碎的嗚咽啜泣。

接下來的那個星期天，我們去望彌撒。牽著父親與母親的手，我頭一次踏進了這座崇高的殿堂。那些鑲嵌玻璃窗外，教堂中庭的栗子樹樹冠在風中款擺，玻璃上色彩繽紛的聖徒顯得栩栩如生。

一陣冷風跟著我們從大門外竄進，在成排的燭光火焰上，掃出晃動的波浪。母親把手放在燭火上方，要我也跟著照做。

我們在別人的祈禱祝願中取暖，她說。

教堂裡一排排的長椅坐得很滿，那些身穿暗色大衣、頭上戴著毛皮氈帽的人們低垂禱告，看起來像一群倦怠且笨重的動物。

人的竊竊私語，壓低的咳嗽，以及木頭的咯吱咯吱響，此起彼落。

空氣中蒸騰著呼吸吐納。

當管風琴開始演奏時，我想要一躍而起，朝外面奔去。那琴聲響徹十字拱穹頂下的整個空間，彷彿擁有能夠爆破牆面的力量。然而察覺到母親搭在我膝蓋上的手，我待了下來。

在唱《垂憐經》時，我頭一次感受到那股壓力，而當首段經文讀完，我幾乎快忍不住了。

我要上廁所，我說。

現在不行，父親回答。

我試著忍住尿意。蜷曲身體，把拳頭緊壓在小腹下方，我坐在穿著粗硬布料大衣的父親與母親之間，含糊囁嚅地懇求。讀到福音時，跪著的我開始無聲地哭泣，而就在耶穌潔淨聖殿之處，我直起身來。

我要上廁所，我說。

繼續坐著，父親回答。

就在此時我展開手臂，讓自己解放了。當人子帶著他的榮耀與所有聖潔的天使回來時，他會坐在他那榮耀的寶座上。在我尿溼了褲子，淚水從臉頰上滑落時，神父在前面宣讀著，

你就一直到晚上都給我穿著那條褲子。你羞辱了天父。

又是某個星期天，大約在十四年之後，父親死於他自返鄉以來就始終折磨著他的肺疾。最後的一切發生得很快，他沒來得及與任何人訣別，正午之前他已經被抬出屋子，瘦骨嶙峋得有如一把乾柴。

幾個星期後，母親也跟著他走了。在買菜回家的半路上，提著裝得

滿滿菜籃的她突然站住腳步，在一個踉蹌倒下，暴斃在人行道上之前，她頭往後仰，似乎有幾個瞬間，眼睛聚焦在那萬里無雲的晴空中某個遙不可及的點。菜籃裡滾出四顆又大又紅的夏季蘋果，在馬路上被往來車潮照得發亮，然後接二連三淪為輪下祭品。

現在我是孤單一人了。對漫長餘生的想像，是一片迷惘混亂，於是開始尋覓。我和所有遇見的人對話，然而他們給不了我答案。我在父母親的墳前佇立多時，他們更是什麼都沒對我說。我坐在金色之月酒館的吧台邊，然而從烈酒和混沌麻木的思緒中得到的，只有噁心的感受。我坐上公車，隨著它遠遠越過田野，直到終點站然後再開回來。我把額頭靠在車窗上，看著一路掠過的風景，是如何消失在我所吐出的霧氣背後，不過還是什麼都沒發生。

有一天，我走進了教堂。坐在我曾經「解放」過的位置，想起那種被父母親的身體包夾在中間的安全感。想起母親的溫暖。想起高大的父親——雖然在人群，他只是一般高。也想起那股禁忌且無法抑制的急迫感，以及伴隨著羞愧與快意的解脫。

從此我每天都去教堂，不知何時被神父發現。當時我總是特意獨處，多半在正午時分前來，因為這段時間，就連那些最年長與最寂寞的人，都不會不小心踏進教堂裡來。正因為如此，當神父突然站到我身邊時，我受的驚嚇更大。他個子不高，穿著法衣且腹部綁著黑色腰帶的身形，顯得有些纖弱及女性化。我覺得自己像做了壞事被當場活逮，然而當我的視線上移並看見他的臉時，不禁熱淚盈眶。

我以你的名字呼喚你，你屬於我。

雖然神父的慈愛為我鋪出了一條路，我卻不記得他的名字。我也不記得曾經聽過他的名字。有次他曾表示，只有政府機關與公務員會對名字感興趣，在主的面前，我們通通只叫**人**。這種說法很合我心意。我非常喜歡他，而且早在我們第一次碰面，也就是在他以拇指在我前額寫字，而我從教堂陰暗處踏進明亮的陽光裡之後，我就下定決心要追隨他的腳步，以神父為我的職志。我的追尋之路有了終點，他找到了我。信心與喜悅令我深感激動，我朝著對街那些坐在鷹架上的工人微笑。他們什麼都沒說，只是沉默地咬著小麵包。他們手中的瓶子裡，有啤酒在晃動。

我所參加的教士研習離家很遠，我對那裡感到陌生，而別人則視我為怪胎。我既沒有朋友也沒有敵人，其他人的事都與我無關。他們所嚮往渴望的，和我也不相干。當他們傍晚在踢足球或背誦讚美詩歌時，我跪在我的房間裡面牆祈禱，直到從石灰牆面龜裂的紋路裡，認出**值得敬佩的馬利亞**身上的披風。

出於全然的感激，我用刮鬍刀的刀片，在胸口劃了三個十字，但這件事我沒有對任何人說。

研習結束後，我在那陌生的環境中又待了一陣子，然而緊接著神父過世了。由於他曾推薦過我擔任他的接班人，於是我回去展開了在堂區的職務。不過人們並不信任我，他們交頭接耳，竊竊私語。他們嘲笑我，這個身型單薄，有些古怪，每個星期天都站在教堂大門前，與每個人一一握手問候的年輕人。然而**祂**選中了我，我在講道時，是**祂**以我的身體在說話。**祂**所帶來的訊息，不僅關於喜悅與解脫，也關於愛的驚恐，忍耐的磨難以及奉獻的犧牲，而我經常站在聖壇邊，內心燃燒著熊熊烈火，呼喊著：你們的痛苦將會消失，因為你們與神同在，神也與你們同在。

那是我內心的想法。一個在心底燃燒著，白天驅趕著我，夜裡讓我不能成眠的念頭。我想要為人們指引方向，想要淨化他們，使他們堅強，我要他們追隨我。而且我知道，我知道！我有做到這些的力量。

那年的夏天久旱無雨，田野裡颳來的塵土，讓房子全都變得灰濛濛。

一天早晨我去了教堂，只為了投身在聖壇前祈禱。整個夜晚我都在鎮上四處遊走，與內心那不斷反覆翻騰的疑惑以及懷疑自己所有的努力都是徒勞的想法對抗。我在月光下走過那些寂靜無聲的街道，耳邊聽到的，只有自己腳步聲的回音。我對**祂**說：幫助我，天父，讓我在面對黑暗時不陷入絕望，引導我的步履，強壯我的雙手，振作我的精神，逐去我心中的恐懼。引導我，天父，讓我能帶領人們，從無知的叢林與虛假的荊棘中掙脫而出，迎向那唯一的光明。

我走了一整夜，直到曙光終於微現，小鎮從黑暗中甦醒過來。我看到幾道最後的暗夜魅影，從金色之月酒館裡蹣跚而出，然後四散走遠。看到花店的女老闆，把她從批發市場買回的新鮮玫瑰、石竹與風信子花束，卸下貨車搬進花店。我也看到了兩個坐在長椅上的老婦人，目光正望向在她們腳邊拾啄碎屑的鴿子。

市政廳後面，一個瘦瘦小小的男孩正扯著他身後的一隻狗，勉強保持平衡地走在人行道邊。他不斷猛拽著繩子，那狗則一面抵住地面徒勞抗拒，一面嗚咽哀鳴。繼續走！男孩低吼著，不然就給你好看！他的聲音尖銳且稚氣，因焦躁與怒氣而顫抖著。狗在吐出一聲短促且窒息般的咳嗽後，以肚貼地，躺平了放棄抵抗，不過男孩繼續硬把牠拖過人行道旁的排水溝。我擋住他的去路，站住！我說。男孩看著我，很是惱火，不過在他的怒氣背後，我看到了驚懼及膽怯。我對他說你不用怕，在主之前萬物皆平等，我們由祂所創造。在祂孕育我們的懷抱裡，我們是一體的！

那男孩倒退了一步，我看見他如何瞪大了眼睛。此時我心底湧現一陣不安，一股強烈且急切的不安感，他可能沒聽懂我的意思，他可能想躲開。

待在這裡！我以尖銳的聲音命令他。淨化你的靈魂，在萬能的天主面前承認你的罪，請求祂的開示教化！

他轉身想逃開，不過我抓住了他的肩膀。我渾身顫抖，仰望著天空並呼喊：主啊，接納這個男孩！把他接納到祢的懷抱中！接納到祢永恆的愛的呵護之下！拯救他，主啊！

在我仰天呼喚時，我聽到了那像是從遠方傳來的狗的嗚咽與男孩的大叫。他的身體一陣抽搐，拔腿就跑快速逃離了現場。

有好一會兒我的視線朝上，站著沒動。市政廳的屋脊上，有四隻鴿子魚貫地小踱步急走，電視天線則有如瘦弱的十字架指向天空，在晨光裡閃閃發亮。

當我再度收回視線時，一切都不同了。我的疑惑終於得到釐清，也認出那些令人膽戰心驚的東西是什麼。我並沒有陷入絕望，內心反倒平靜了下來。我覺得既輕鬆又自在，差一點就要在街上放聲大笑。一對有點年紀的夫婦從對街經過，他們臂挽著臂，太太正以興高采烈的聲音對先生說話。他們短暫佇足了一下看著我，然後在街角拐彎處消失踪影。

我去了教堂。教堂裡寂靜而陰涼，在那些模糊暗淡的光束裡，灰塵亂哄哄地翻攪。聖徒們僵直地站立著，在兩排座椅間的地板上，有一本打開的聖歌集。

你容許我加入你的歡呼。

在奉獻燭光的桌案上，只有一盞燭火搖曳著。我把它拿起來，用手端著穿過中間的甬道往前走。我沒在胸口畫十字，也沒有曲膝下跪，更不去聽那些聲音。

我的手中有那道光。

在那座主已經不再駐留的祭台上，鋪著一塊白布。我讓燭火靠近布巾的一角，它立刻著火燃燒了起來。一陣涼風穿過教堂內部吹來，然後火苗向上竄升。耶穌受難像首先燒了起來，耶穌在烈焰中劈啪作響。當它從十字架上脫落且慢慢往前倒下時，看起來彷彿是在微笑。整座祭壇陷入了火海。我端著蠟燭走向後面那堆歌本，它們燃燒起來的樣子，好似浸過汽油一般猛烈。我拿起其中幾本高高地往上拋，在墜落至一排排的座椅間前，有一瞬間，它們撲撲振翅的模樣就像燃燒的火鳥。有一本書滑到祈禱室的布簾下，布簾鼓脹起來，然後以一種獨特無聲的爆裂方式起火燃燒。火焰在那些長椅上呼嘯及劈啪作響，木材塗料上綻開了泡泡，像發出熾熱火光的花朵，其中則竄出濃密的煙絲。我內心平和，因為現在我已瞭然一切。窗戶的玻璃在我頭頂上方爆裂，那些聖徒變成碎片四散飛濺，然後下起一場色彩繽紛的雨。風從窗戶上的破洞灌了進來，更助長了火勢。布道壇在燃燒，聖水盆裡有火光在顫動，那點點火星在教堂穹頂高處黑暗中迴旋紛飛的樣子，好似舞動的繁星。

那維·阿爾巴克里

我的墓碑上寫著：真主是偉大的，而我們是祂的孩子。見鬼了，我忍不住問，是誰把這句話刻在上頭的？我的母親叫阿亞莎·阿爾巴克里，父親叫阿布那維·默罕默德·阿爾巴克里，而我是他們的孩子！真主是否在我出生這件事上也參了一腳，我可說不準。我從來就不認識祂。

我跟父母親在經歷一段漫長的旅程後來到這裡，當時我十九歲。那是一個寒冷的冬天，第一次在街上看見雪時，我還以為這裡發生了什麼不幸的事。父親則驚愕憂心，然後說：讓我們在這片冰雪寒漠裡打造出天園吧。

他在市集街上開了一家店：阿布老爹的蔬菜與異國風味水果。一天當中有五次，他在地下室裡把他的小禮拜毯攤開，跪在那些馬鈴薯與蕪菁甘藍之間，對麥加的方向送出他的禱告。有一天，因為水管破裂的問題父親叫來了一個土耳其水管工，當他對父親明言他搞錯了東西南北，多年來一直是以屁股——而不是臉——朝麥加聖殿的方向祈禱時，父親對他致謝並在他手裡塞進了雙倍的小費。

不過也沒那麼糟，父親說，畢竟麥加無所不在。

水管工點點頭。

一旁幾顆甘藍菜，漂浮在及膝的積水中。

一開始我幫忙挑撿李子、擦拭香瓜，或刷洗掉人行道上被踩爛的果皮果肉殘渣。後來我領到了一件屬於自己的圍裙，也獲准招呼顧客。我喜歡店裡的味道與顏色，愛聽核桃堅果在袋子裡碰得喀啦喀啦響的聲音，而且在沒人注意到時，我愛把手深深地探進扁豆籃裡，或抓一把杏仁果與開心果，讓它們從指間慢慢滑落。我跟母親一起把桃子層層疊疊地排成藝術品般的金字塔，與父親一起開車到田裡去跟農人做交易。

那些年裡我們生意興隆，日子過得衣食無虞。我說不上來我父母是否快樂，只不過經常看見他們的笑容。他們沒有很長壽，但至少安享了天年。

父母過世後，我接手了這家店。我把賣場空間刷得淨白明亮，在窗框上掛了一排色彩繽紛的小燈泡，除此之外還換了新圍裙。我用土黃色的漆蓋過阿布老爹的蔬菜與異國風味水果這幾個字，並在店門口的上方，釘了一塊大大的木頭招牌：那維．阿爾巴克里的蔬果——來自世界各地的新鮮貨。

我為新開幕辦了一場慶祝會，音樂與果乾蜜餞全天候供應。來的人之多遠超過我的期望。那天深夜最後一批賓客離開，我把捲門喀啦喀拉地放下時，知道一切將會很順利。我在黑暗中坐下，雙手攤開放在膝蓋上，突然有種奇怪的念頭想要感謝真主。我唸出了不知道從父親那裡聽過多少次的句子，不過就在脫口說出這些話的同時，我思索了起來，而思索得愈多，那些字句對我就愈沒有意義。它們就像那些堆放在地下室的水果箱子，既空洞又脆弱。

我站起身再次走到門外，這天晚上很溫暖，空氣中有雨的味道。街角的燈亮了起來，而夜蛾在它的光裡，拍打著翅膀飛舞。

我懂得做生意。所有關於這一行的竅門，我都很清楚，而且隨著時間流逝我也學習到怎樣掌握顧客。在一旁看人如何挑選蔬菜與水果，可以得知關於這個人的許多事。我在他們以指尖輕觸桃子，彷彿那是愛人的肌膚時觀察著他們；我也看到他們為了要聞聞檸檬與堅果的味道，朝著那些箱子彎腰；還有在用報紙包生菜時，動作溫柔得好似把嬰孩裹進睡覺用的包巾。我在他們敘說著自己的煩惱、老公老婆與小孩，以及自身的不幸與病痛時仔細聆聽。在他們因故情緒激動，在他們指天畫地、揮舞著雙臂大喊大叫，在他們自以為是，好像對世間事完全瞭若指掌之時，也不會刻意迴避。

有時候霍貝格神父會來我店裡。他把番茄拿到陽光下打量，在手裡著杏桃的重量，然後開始談起天主。我告訴他我只是個賣菜的生意人，對這些事情沒什麼概念。不過神父很固執，他會對我提一些我不知道答案的問題，用他激情熱切的聲音與躁動不安、不斷在我店裡木頭貨架上敲打的手來刺激我。他滔滔不絕，嘴裡吐出的言語有如巨浪一波又一波襲來，於是我惱怒起來，開始大吼大叫並叫嚷。我無法理解，如果天主創造的世界如此不完美，為什麼祂被視為真相與事實。在索多瑪和蛾摩拉被毀滅這件事上，我也看不出有任何意義，那幾場大毀滅中，女人或小孩都沒被放過。然而神父不為所動，天主的慈悲是無止境的！他喊著。不過此時我已經沒辦法好好聽他說話了，而且我相信，我的話他也同樣沒聽進去。我們就這樣對著空氣又說又喊，直到彼此精疲力盡，然後彷佛酒醉後清醒那樣，面面相覷地站著。

讓慈悲也進駐你的心靈吧！神父說，還有，給我兩把蔥。

整整四十年的時間，我站在這間店裡。我熱愛這份工作，即使生病也從未超過一天。磅秤後方的地板，有一處被我體重長年壓出來的凹陷，在這個小小的坑裡，我備感安全。我從未結婚，也不渴望有孩子。我很少感到寂寞，沒什麼奢侈的願望，而且對於沒能實現自己夢想的遺憾，足夠理智。教堂的重建我捐了錢，也贊助聖誕節前濟貧的物資。那個可憐的瑪格列特．利希特萊，自從她的兒子遭遇不幸之後，每天我都送她一顆橘子。當我有問題時，問的對象都是人，而不是神。我聆聽你們說話。面對你們時，心中坦坦蕩蕩。當你們在我的店面亂塗亂畫，還把玻璃給打破時，我原諒了你們。當你們叫我「趕駱駝的人」時，我一笑置之，之後還在門上貼一張駱駝商隊的圖畫自嘲。每當事情順心如意時，我笑逐顏開。但有更多的時日，我把悲傷留在地下室裡。我敬重我的父母，對他們心懷感激。我乖乖繳稅，天天傍晚都刷洗人行道。我來去空空，沒帶走也沒留下任何東西，擁有的只是這個人生。

在我死去的七年前，我把父母親的骨灰帶回了家鄉。為了把他們的骨灰放進店裡的兩只小麻布袋，偽裝成香料偷渡出國，我設法在葬禮前，分別從他們的骨灰罈裡取走了一些。離開機場要回老家的這段路我搭了公車，司機從後視鏡裡對著我笑。

你是本地人嗎？他開口問。

我不知道，我說。

神的旨意啊，我的朋友。

神的旨意。

我在村子的廣場下了車，陽光亮得刺痛了我的雙眼。那座我曾在它後面玩過石頭彈珠的小公車站亭不見了，一切看起來都變了樣，只有巨大的柏樹還屹立在此。父親經常提起這棵樹，它是如此之老，就連先知們在遊歷世界的旅途中，都曾在它的樹蔭下休息納涼過。而且它的根伸展得如此之深，最底下的根尖竟然因地心的高溫而燒焦了。這也是為什麼在某些夜晚，人們可以看見它的毬果在月光下發出熾熱紅光。

我走過村子裡的街道巷弄，吸進那些老牆的味道。身著襯衫和深色長褲的我覺得熱，汗水在臉上奔流，街上行人只有小貓兩三隻。幾個小孩，一小群老婦人，全是一身黑。

在一家我記得門邊裝飾雕刻品的咖啡館前，坐了幾個男人在喝茶，我都忘了在男人手中，喝茶的玻璃杯看起來是這麼小。繼續走著，沿路偶爾認出一棟房子，一堵坑坑疤疤的破牆，還認出了那家男士理髮店，那座刺槐廣場，以及那些要給一座從來都沒挖成的井使用的裂掉水泥管。

在三寡婦街我靠左邊走，這裡我什麼都認不出來了。道路才剛新鋪了柏油，不過柏油路面在高溫下變形拱起，裂開一道道黑色的傷口。老家消失了，那塊碎石遍布的空地上停了三輛車，停車場的後面以一道半傾頹的矮牆為界，我認不出那是老家庭院的圍牆，還是臥室牆面的殘餘。我坐在一塊牆石上，豔陽高照，一切都隱沒在它亮晃晃的刺眼光芒裡。我已經搞不清楚自己原本的打算了，我想，我原先是要把父母的骨灰，撒在老家花園的草地上。我以為一定還有人住在那幢屋子裡，因此我必須動作敏捷，趁著風把手俐落一揮。但是那裡沒有風，沒有花園，也沒有屋子。有的只是停車場與酷熱。

很難說我在那裡坐了多久。反正不知何時我終於站了起來，從襯衫口袋拿出那兩個小袋子，然後把骨灰撒在滿是碎石的空地上。它們沒有留下任何痕跡，似乎在熱燙的地面上化為烏有。我想我哭了，但我自己也不確定。我什麼話都沒說，因為那些原本構思好的字句，此時此刻再也不具意義。過了一會兒來了一個男人，他對我點點頭，坐進一輛車然後把車開走。我站著，聽著引擎聲遠去，直到再也聽不見為止。我渴望涼蔭與寧靜。我想，我渴望回家。

我再度坐進飛機裡，朝下俯視，遠遠看見了沙漠，再來是海洋，那是一片廣袤無邊、有萬千波紋劃過的金光閃耀。我們正朝傍晚飛去，雖然引擎在隱隱轟鳴，我卻感受到四周的寧靜與平和。我覺得疲憊且平靜，就好像孑然一身漫步在高空中，不急不徐地迎向黑夜。我把頭往後靠，閉上雙眼，我想著明天，想著早晨清涼的空氣，想著店裡的水果在黑暗中的氣味，以及那捲門喀答喀答的聲音。我想要訂一些尖頭甜椒和黃肉李子，想要把父親的舊拜毯捲起來收著，這樣那些甜菜根袋子上的髒汙就不會落在上面。因為容易受潮發霉，我經常得拿起那些袋子用力抖。

當您置身火焰，炙熱的灰燼灼燙著您的皮膚，您見到天主了嗎，霍貝格神父？

漢姆・萊蒂克

你聽得到我嗎？聽到了嗎？

輪到我上路時，你十五歲。現在你幾歲了呢？在我們這裡，時間是不存在的。不過讓我們假設一下，你眼前還有一大段漫長的歲月要度過。我必須得這樣假設，否則接下來要告訴你的話就毫無意義。我要說的，是幾樣我想捨棄放下的東西，真希望我在活著的時候就告訴過你。我也希望有人告訴過我這些，或許如此一來，有些事我就會用不同的方式來做。當然也可能不是這樣。

我並不聰明，這不是祕密。你母親知道，我自己也知道。我是有點見識，但這不代表什麼。如果對事情沒有那種能深思熟慮並從中歸納出可用結論的腦袋，不管你有多少經驗，作用都有限。還有，如果沒有從沙發上挪開屁股的行動力，一切也是枉然。只有少數老人是有智慧的，大部分的老人純粹就只是老而已。而我毫無疑問的，是那多數人之一。

如果我曾領悟（不是**知道**，我說的真的是**領悟**），世間的一切都消逝得如此之快，有些事我大可省掉。但是對我來說人生的幕已落下，所以現在我想，或許至少能幫你省點工夫。你的先天條件並不是最優異的，這種情況，我也不能說自己完全沒有責任。不過逝者已矣，木已成舟。至少你還活著，人已經無法再奢求更多了。我發現我好像愈談愈空泛了，所以現在就簡單告訴你幾件事吧。至於你要怎麼看待它們，就是你自己的事了。

一、不必費力去找「對」的女人了。這樣的女人並不存在。一旦你相信自己找到了那個對的她，她就會顯現出她是錯的那一面。不過你還是可以試著在「錯的」當中盡量找出「對的」，這是件有趣的事。不過也就僅僅如此。

二、上帝也許並不存在。

三、不過假若上帝現在基於某種原因存在（然而能證明這點者真的不多），那找到對的女人的可能性，或許也存在。

四、一個對的女人，是有勇氣的女人。是個還沒出現在轉角，就能聽到她腳下碎礫石吱吱嘎嘎被踩響的女人。是個能用一顆蘋果，打下屋簷上鴿子的女人。是個穿著黃裙子，有一份恰到好處的理智，響到有點過分的笑聲，手指甲擦得紅滋滋但腳趾卻自然素淨的女人。她的手提包裡有把小刀，一小瓶鹽及一個小巧的折疊式銅製菸灰缸。她需要菸灰缸，因為她是個抽無濾嘴香菸的女人。她是一個必要時可將原則拋諸腦後的女人，是個可以用拳頭敲打方向盤，敲到指甲油表面出現裂紋的女人。她是一個不讓你知道實情，也不會害臊的女人，她會在電影院裡放聲大哭，但從不……從不……真的從不注意自己的身材。她喜歡吃沒削皮的馬鈴薯，而且暗地裡信奉著聖母馬利亞。她是個會管好你的，也更會管好自己事的女人。那個對的女人，是一個懂得愛的女人，而且如果有天她忘記該怎麼愛了，也會快刀亂麻斬地結束一切。

五、以上都只是些想法，算了吧！

六、關於喝酒這件事，把人家告訴過你的全忘了吧！喝酒可以是一件愉快的事，它能讓你釋放出真正的自我，而且在你需要時，讓你平靜下來。酒精並非惡魔。真正的惡魔，是夏天晚上在你房間裡嗡嗡亂叫，讓你輾轉無眠的那些大蒼蠅。酒精只不過是一種化合物，而且我們有能力掌控它——至少這點現在還成立。不過當你坐在吧台邊，牆上的壁紙卻開始動了起來，凳子下面好像也有小動物一溜煙跑過，那就再點一杯吧。反正也不差這一杯了。

七、那棟房子還在嗎？你應該把它粉刷一下。我最後一次幫它上新漆時，你還不到兩歲大。那是夏天，天氣很熱，我從屋頂上倒退滑下時，屁股幾乎燒了起來。當時你在花園裡，我看見你從花叢中把玫瑰一朵一朵摘下來。我很疑惑，在這個混雜著油漆與青草味的大熱天，你為什麼會一個人在那裡。反正老生常談：如果你不想讓房子朽壞，就該幫它上漆。不過記得一件事：先打磨木頭表面。你需要的砂紙號數是八十，至少。然後上底漆，用亞麻油也很好。接下來你可以粉刷，要刷兩到三次。別信別人說的用滾筒那一套，刷子比較好。

八、到地下室去，在角落有個放花園工具的窄櫃，把它推到一旁，掀開底下的花崗岩地磚。凹洞裡有個小金屬盒，裡面的所有東西，現在都是你的。包括照片。

九、或許還會發生戰爭吧。反正這世界總有某個地方在打仗，當然也有可能發生在這裡。總有某個瘋子就坐在一顆按鈕旁，整天繞著它沒事找事做。而且事情總是這樣，人們非得在一段時間後，才會發現這個人瘋了。我所說的瘋了，不是像霍貝格神父，或是像下班後有時候會坐在草叢裡跟鳥說話的理查・雷格尼爾一樣。我說的是真正的瘋狂。這種瘋子繫著領帶，穿著擦得亮晶晶的皮鞋。晚上他會對著浴室裡的鏡子點頭，笑到無法自制，因為他知道自己又贏了，既然人生沒有什麼好失去，當然也就不可能輸。就是這種瘋子，會對別人造成傷害。他的手指是太細太短又太小了，但要按下一顆按鈕，卻又恰好夠大。或許有人會看出這人瘋了，不過通常為時已晚。所以說或許還會有戰爭。現在好好聽著，不管其他人怎樣輕聲細語或大聲咆哮地利誘你、威脅你，記住：這不是你的戰爭。以肚破腸流，倒在某處爛泥中來結束一生，並不是你來到這個世界的目的。**這不是你的戰爭**。

十、早上坐在窗邊，看著車流匯集上高速公路的空檔，去該想想自己的日子有多好。經過昨晚，你又多活了一天，這天有哪些事該去做，你多少心裡有數，這樣才好。你可以把光著的腳擱在窗台上，讓腳趾頭感到涼風吹過，窗框上貼附的小片塑膠膜在風中抖動著，好似有生命一樣。看著你的腳趾頭，看它們怎樣彎起和伸直，別忘了冬天距離此刻還很遠。

十一、不要相信醫生。

十二、追憶亡者並請原諒他們。

十三、記得多結交朋友。任何地方都找得到朋友，在街上，在下一個轉角，在加油站把輪胎氣嘴打開時。到處都可以。我想竅門就在於：你必須對交友**樂在其中**。我一生中最好的朋友是我的父親。他可比我整整大了三十一歲。

十四、去你媽媽身邊，把手放在她的臉頰上。就這樣待一會兒。我從未這樣做過，而那是個錯誤。

十五、說我愛你！我知道這話在你耳裡聽起來又愚蠢又虛假。但在別人耳中一點都不傻。我從沒說過這句話，為什麼？我也不知道。反正就是沒辦法。有人懇求過我，有人期待過，還有人要求過，鍥而不捨地，但是我說不出來。那些人常常開口閉口說我愛你，也想從我嘴裡聽到這句話。但當時我總認為愛又不是一種交易，所以沒有說出那三個字。一次也沒有。而現在我可以百分之百確定，那是我一生最大的錯誤。

列尼·馬丁

不是因為我太笨了所以無法學習，並非如此。我單純只是不想。「列尼·馬丁，你毫無意願，缺乏動力，你比鎮上最潮濕的地下室裡最爛的馬鈴薯都還更爛。」我的老師批評我。我對她的意見向來沒有多大的意見，不過這件事她倒說得挺對。後來我輟了學，想先工作看看。我去刷柯畢斯基汽車沙龍前的那片水泥地，蹲在田裡拔馬鈴薯。偶爾我也去阿拉伯人的蔬果店幫忙，我們把箱子堆好，用一塊軟布擦拭蘋果和香瓜，直到它們好像吃角子老虎機裡那些水果圖案一樣閃閃發亮。但沒有任何一種工作我可以撐過幾星期，我確信自己就是沒恆心。而恆心這個東西，卻是我此生僅剩之物了。

那段時間，我住在教堂正後方的一處地下室裡。我沒有在那裡久待的打算，所以為了在有機會搬到較好的住處時不必太大費周章，把所有的家當都放在一只木箱裡。那個房間又小又潮，濕氣竄進我的四肢，有時候早上我全身僵硬到幾乎起不了床。夜裡我常常得曲起膝蓋，在被子底下躺上好幾個小時等待，等什麼，我自己也不明白。

只要有錢，傍晚我就會坐在金色之月酒館裡，那個被菸燙得到處是疤痕的吧台邊。如果往吧台後方的鏡子看去，你會和一排模糊不清的臉孔對望。總有三、四個男人坐在那裡，玩著紙牌，或聽著點唱機裡的歌。他們話說得不多，而且我想，大家也都安於如此。

記得有個冬天的傍晚，我累得像條狗似地蹲在吧台旁。那一整天，我都在柯畢斯基汽車沙龍店裡，幫他鏟掉停車場上那層好幾公分厚的雪。我的旁邊坐著一個男人，雖然不認識但曾見過面。我們的視線穿透窗戶，盯著雪花在街燈的光罩下旋轉翻飛，突然，他開始說起他的人生。他說自己也曾經有過機會，然而就是缺乏勇氣。「錯失一次，一切就都結束了。」他反覆說著這句話，說時不帶痛苦，表情或聲音裡都不帶任何情緒。或許正是這點平靜，讓我煩躁了起來，突然間，我不知道為什麼自己坐在這裡，而在這個世界裡，我想要的到底是什麼？一股怒氣，一種在那之前我從未有過的怒氣在內心翻湧，對這個男人、對我自己，和對這整個人生。或許我只是喝多了，但我打斷他說：「現在我要敲破自己的頭。」

「什麼？」他說。

「我這就動手了。」

「最好不要。」他說。不過來不及了，我一頭撞在吧台那潮濕的木頭上。我感受不到痛楚。可是當視線再度上移時，鏡子裡的我滿臉是血。

「沒事。」我說。

事情在接下來的幾年有了轉變。那是個火傘高張的夏天，要到太陽下山後，人才有辦法喘口氣，也才敢出門。小鎮的市郊有活動在進行，是汽車沙龍店的十五週年慶，柯畢斯基邀請了一些客戶，還有他的新舊員工同歡。所有的人都站在銷售大廳燈火通明的前簷下，手中拿著紙杯和碟子。這天是星期五，大部份的人都領到了薪水，他們的臉在夜色裡閃耀著貪欲。

我背靠著落地玻璃窗站著，眼睛看向前面的廣場，從大廳屋頂到停車場入口跨吊著長串的彩色燈泡，廣場上的灘灘油漬，倒映出它們繽紛的彩光。就在此時，她突然站到我身邊。「你好，」她說，「我叫露易莎。」

我認為對一個小鎮女孩來說，露易莎這名字有點太文雅，而這點我也告訴她了。她聽完笑了，詢問這片廣場上有什麼好玩的東西可看。我說沒什麼，就只有這些燈泡。至少有燈泡，她回答，聊勝於無。沒錯，我說，而且還色彩繽紛。我們都笑了，又喝了幾杯，一切感覺都很好，彷彿我們聊了很久很久。有一次她舉起手，幫我把一綹髮絲塞到耳後。

那動作完全是隨意的，然而當她的手指拂過我的太陽穴，那種感覺還是讓我猛縮一下，我清楚地意識到，有多久時間沒人碰觸過我。

近午夜時，柯畢斯基爬上一輛標緻504貨車的車斗，並發表了一小段演說。因為多喝了幾杯，那整段演說幾乎言不及義。不過他倒是感動得幾乎熱淚盈眶。在那之後，還施放了一場小型煙火，當那些煙火在高空炸開時起，露易莎和我互相擁抱，就好似乾柴烈火，油坑爆炸。整座廣場及它四周的一切，彷彿全都化成了繽紛的火焰。

稍後我一個人躺在地下室的房間裡，太陽穴的位置，一直都還感覺得到她的指尖觸感。我想念著她，那感覺是如此美好，此時此刻寂寞震耳欲聾，幾乎擊潰包圍著我的牆。

後來我們又見了面。我倆在大街小巷逛著，在雷姆庫爾裡坐著，也在公園的栗子樹下親吻。幾個星期後，她帶我去她與奶奶同住的那間小公寓。我想，那陣子我不管到哪裡，臉上都藏不住笑容。我和一個我再也不會放她走的女孩共度時光，而這種感覺真棒。

離柯畢斯基店裡的那個傍晚三個月之後，帶著裝滿家當的木箱，我搬到了露易莎那裡。她的奶奶，一個沉默寡言、整天蹲坐在窗台邊的老人，忍受不了我。她對我有一種視而不見的本事，不過這點我倒是無所謂。我是跟她的孫女在一起，除此之外，與她根本沒有任何關係。

露易莎不見得是一般人眼中的美女。她瘦骨嶙峋，有著黑色的頭髮，以及一雙眼球很突的大眼睛。不過她的額頭又高又光滑，有時候好像會在臉上投下一道陰影似的。我一直很喜歡看著她，看她的臉，她的手，還有她的肢體動作。有一次我們躺在床上，我問她說：「妳願意為我來回走一圈嗎？」

「你的意思是？」她問道。

「就是在房間裡走幾步路。」

她站起來，在我面前走去又走回。我端詳了她好一會兒，兩個人都忍不住笑了。她一頭撲到我身上，我則把臉埋在她的身體裡，吸著她的氣味。

我也喜歡她的聲音。她有著非常特別的音色，當她陷入沉思時，會變得有點沙啞和脆弱。露易莎常常提到自己工作上的事，她在黑山羊那裡幫忙打掃房間、煮咖啡，並把被香菸薰黃了的針織桌巾燙平。從客人那邊她常聽到一些有的沒有的消息，也經歷過好些最匪夷所思的事。不過我只想聽她的聲音。還有，看她的嘴唇說話時的樣子。

有時候我們會窩在沙發上，一起看電視裡播放的影片，她每次都會看到睡著。她的頭靠在我的肩膀上，於是我可以盡情地端詳她的臉，愛看多久就多久。

對我來說，生活可以這樣一直繼續下去。但是她的奶奶突然死了。一天早上我們發現她躺在窗台前的地板上，一隻手臂怪異地反轉並壓在身體底下。她的眼皮沒有闔上，頭靠在椅腳旁邊。在我們走進房間時，畫面看起來就好像她在與我們對望。

我不知道該怎麼面對露易莎的悲傷。在她身邊，我覺得自己一點用處都沒有。我希望能幫她做些什麼，但當幾天後我在整理房間時，卻被她擋住去路。

「你在做什麼？」她問我。

「把這些東西拿出去。」

「不要動那些東西！」

她站在我面前，雙手扠在腰間，眼睛直視著我。我從未看過這樣的她，打從我們相識以來，我頭一次覺得她很陌生。

「好，」我說，「不要激動。」

「我沒有激動。還有，我希望你找份工作。現在奶奶的養老金沒了，我在黑山羊賺的錢不夠用。」

「嗯。」

「答應我。」

我找到了一份在市政廳的差事，更明確的說，是在公園綠地管理局裡，跟理查・雷格尼爾一起工作。我們開著一輛破舊的小卡車在鎮上到處穿梭，修剪樹木，整理花壇，或拔掉地磚縫間的雜草。我對雷格尼爾認識不多，之前只在路上碰到過幾次，在金色之月也看過他兩、三次。我還記得有天早上在鎮上的公園裡，他把耙子放在一旁，褪下褲子，然後蹲在一棵盛開的金柳樹下。「人來自土，」他說，然後認真地看著我又說：「土也來自人。」我想，他有點瘋瘋癲癲的。

這份差事剛開始時很辛苦。我全身痠痛，疼痛從背部開始，往下經過臀部擴散到膝蓋，往上則穿過肩膀、手臂一直到指尖。我的手常有破掉的水泡，每個毛細孔好像都吃進了髒汙。情況後來比較好轉，我習慣了幹那些勞累的活，在春天或晚夏時分的某些日子裡，甚至喜歡起這份工作。

一天傍晚，雷格尼爾堅持要請我喝杯啤酒。我很久沒去金色之月了，在我們穿著一身髒汙的工作服踏進酒館時，我很好奇裡面三三兩兩坐著的人，是否還是原本的同一批，是否其中有幾個不來了。但他們全都還在，看起來跟以前的情況沒什麼兩樣。一樣呆坐在自己的位置，直愣愣地盯著酒杯。

不過有些地方不一樣了。那是酒館裡的光線，空間裡充滿了某種燈光，它移動著，以某種節奏，倏而掠過某個正彎下的背脊，閃過某個沾著黑煤灰的前額，在喝了一半的啤酒杯裡，顫動著紅的綠的黃的光芒。那光來自一部機器，就在吧台和牆壁間的角落裡。它的高度與人相仿，寬度約莫一公尺，正面滿是明滅晃動、閃閃發亮的小燈泡。當時我對這種東西一無所知，它是一台名叫「幸運交易」的老式吃角子老虎機，一款首次裝上螢幕的機型，它沒有手動操縱桿，螢幕上四排圖案，中間有個彩虹太陽。

我們在吧台邊坐下並點了啤酒。兩個人都疲憊不堪，也沒什話好聊。我的啤酒裡有小燈泡在閃閃發亮，那些斑斑點點的光在杯子裡滾動飛舞著，彷彿一小群色彩斑斕的魚。

我向「幸運交易」走過去，它發出了咯咯聲。我把手放在機身側面，木製外殼在我手指下發熱且震動著。有一瞬間，我看見了螢幕上映出的我的臉，既虛幻又蒼白，好似置身水底。我往投幣孔塞進了幾枚硬幣，然後壓下按鈕。滾軸立刻動了起來，上面的圖案也跑得飛快，之後伴隨著一道細微的聲響，它們停了下來，一個接一個：甜瓜，數字七，鐘，以及錢幣。

我又按了按鈕。而且按了又按。我找來了一張吧台的凳子，還有更多的硬幣。那燈光，那聲響，那閃爍不定的螢幕，都讓我焦躁不安。我抖動著雙腿，把褲袋裡的錢幣搖晃得叮噹響。「來吧！」我對著面前滾動的捲軸低吼，「是時候了吧！」這回我贏得了九倍的賭金。那機器好像瘋了似的，一切都在閃爍發光，還吐出一種尖銳刺耳的號角聲響。我大笑了起來，心臟跳得飛快，有一種凳子下的木頭地板也隨之震動的感覺。當我再度按下那按鈕時，我的手在顫抖。

雷格尼爾稍後出現在我身邊。「時間差不多了。」他說。

「我要再待一會兒。」我回答。

雷格尼爾喘一口氣。「聽著……」他費力地說著話，嘴裡好像含了一團黏稠的東西。「聽著……」他又說，不過他什麼都沒說。然後在我默不作聲，繼續按著那顆現在被我按得發熱且熟悉無比的按鈕時，他轉身走了。

於是我在這條路上起跑，而且成績傲人。下班後我就直奔金色之月，幾乎每天晚上我都能贏錢回家。這件事我無法解釋，但在我的人生裡，頭一次有種發現了什麼的感覺。聽起來或許有點怪，但是只要站在「幸運交易」旁，我的感覺就很對。

我想，那種感覺很像愛。

雖然不是什麼大數目，但是我太常贏了，有天竟然買得起一條晶瑩剔透的紅寶石項鍊給露易莎。我不知道那是哪一種寶石，不過她看起來好像由衷地感動，整個人煥發著光和熱。我幫她把項鍊帶上，而她看著我的眼神，直觸我的內心最深處。這個晚上我徹底確信，我們之間不會有任何變化。

然而很快「幸運交易」對我來說變得無趣了。我想要試些新玩意，另外，之前贏的錢也都輸回去了。我聽說城郊田野邊新開的休閒娛樂商場裡有個遊戲機賭場，所以搭上了巴士，直奔那裡。

商場的建築，就像由玻璃和水泥蓋起來的大而無當的盒子。我並不打算逗留太久，不過當我發現地下樓的賭城並踏進它的大門時，我簡直驚呆了。這裡面的一切都太誇張了：那一道道的強光，閃爍的燈泡與照明，那些「轟隆隆」、「嗶嗶嗶」以及怒吼與尖叫，匯集成由燈光、音響、人聲與音樂混雜成的不可置信的騷亂。我站在那被菸蒂燒穿了無數個洞的地毯上，覺得自己很像有次跟露易莎一起看的電影裡的火箭人：在宇宙無邊無際的寂寞中，既迷失卻又有安全感。

我幾乎每天晚上都來。有時候還會借用那部小卡車，工作服都沒換就出發。我整個人被攫住了。白天還站在某處的花壇樹叢中時，心思就已經在那些遊戲機上，不是想著「六顆炸彈」和「瘋狂現金」，就是「鑽石七」。當我用耙子清除雜草時，那些虞美人彷彿在我眼前開始閃耀，就像「大幸運室」中的燈光。

但我開始輸錢了。最初的金額不值得一提，不過很快，我輸得愈來愈多。我當然知道接下來該怎麼做，但問題是我太在意了，我把輸錢看做是失敗，並且對那些機器說起話來。我勸說它們，懇求、央求甚至哀求它們，更對它們大吼大叫並咆哮。我提高賭注，然後輸了……我按部就班有系統地玩，也輸了。我大膽投機地玩，還是輸了。我能一路算出輸贏率怎樣下滑為負，剛開始很慢，之後愈來愈快。吉星高照的日子總是有的，但這只會讓情況變得更糟，因為那種相信自己會贏的希望，會因此死灰復燃。於是我繼續賭，繼續輸。我輸掉的，比我所能想像到的還要多。

一定會時來運轉的。我知道我會贏，我是偏離了那條路，現在只需要一點耐心，就能再找回方向。我開始負債，向每一個碰到的人借錢。我一定會還，我對這些人說。只要給我一些時間，你們會拿回所有的錢！

當他們不再相信我時，我開始偷。只要有機會，我任何時候都會順手拿走幾枚硬幣或幾張紙鈔。一天晚上，我甚至從地下室的窗戶爬進市政廳，用砍矮樹叢的斧頭，劈開了公家的銀庫。

不過他們一直到我企圖把那部小卡車賣掉時才捉到我。我先把車子報失，藏在聯外道路旁一座舊溫室後面的帆布下，想透過賭場的一條門路脫手。不過那個聯絡人是個大嘴巴，帆布又被強風給掀了，整件事於是敗露。

但市政廳並沒有舉發我，我想，雷格尼爾可能幫我說了一些話。不過他們辭退我，並把我扔了出來。那天在我把工作服掛進置物櫃後，雷格尼爾和我握了握手。「保重，我想……明天會下雨。」他邊說邊搔著頭。

這件事當然一傳十，十傳百了。柯畢斯基再也不讓我刷他店門前的走道，於是我又到田裡去幹那些勞累的雜活以及幫忙堆蔬果箱。而一如繼往，我又到金色之月去了。「幸運交易」還立在那個牆角，對我來說它又破又舊，到處是刮痕而且被過度使用。不過它會發出鈴聲，會嗶嗶作響，還閃著亮光，它就像是一個等著我的老朋友。

我不知道是在哪個確切的時間點失去了露易莎。我想，可能是在我以為一切或許可以永遠持續下去時，我們之間就結束了。不過也有可能我從沒那麼想過。早上，我經常假裝熟睡，期待她趕緊出門，讓我耳根清靜。稍後當我站在吃角子機前時，則幾乎不會想到她。偶爾在某些瞬間，她的臉彷彿會浮現在螢幕上，那一刻我知道，我還是愛她的。不過只要捲軸又開始滾動起來，一切就消失了。

我回到家時，她通常已經睡下了，這點讓我很寬心。但有時候，她還坐在沙發上看夜間播放的影片。我會坐到她身邊，抱著她，心想：拜託不要說話！現在什麼都不要說，讓我們坐在這裡，好好把這部片子看完，求求妳！

但是她每一次都會開口。不過如果把她看成是個會干涉他人事務的女人，那你就錯了。「不要認為我想替你定規矩，」她說，「我不想改變你，只想瞭解你。既然我跟你生活在一起，至少想知道你是誰，以及你見鬼的到底有什麼打算！」

在這種時候，她可真的是怒髮衝冠。她會邊大聲說話邊在房間裡來回走動，用力揮舞雙臂，有時猛然改變方向，定住腳不動，面對面地盯著我，然後再繼續走。在電視機所投射出的光影中，她看起來好似在跳一場瘋狂的舞。

聖誕節過後不久的某個傍晚，時間比平常更晚一點。天氣很冷，街上吹著冷颼颼的風，颳起過去幾天降下的又輕又乾的雪。這天我小贏了一把，正高興地要回家。奇怪的是，此刻我希望希望露易莎還醒著，有些事我想在今晚澄清。我走過那些雪堆，聽著褲袋裡的銅板在叮噹作響，想像著撫摸著她的背脊的感覺。

她坐在沙發上，電視是關著的，而我看見她哭過了。

「我要你住手。」她說。

「什麼住手？」

「停止脫掉那件大衣。」

「我該停下什麼？」我又問了一次。我站在那裡，在房間的正中央，有一種鞋底被釘在地板上的感覺。雙手冰冷，沉重不已。大衣上則滴下一滴又一滴的水。

她說：「我要你做個決定，不是停止就是離開。」

我忍不住笑了。那是憤怒的冷笑，破碎且幾近無聲。我覺得自己遭到背叛，腦袋一陣發熱，並察覺到肩膀是怎樣緊繃起來。

「不要這樣做！」她小聲地說，看著自己放在膝間的手，慢慢搖著頭。在她奶奶經常坐著的那個位置的牆面上，一只鐘滴答滴答響。

「露易莎！」我說。

她抬起頭來看著我，「你還是走吧！」她說，「現在就走，拜託。」

我說不出話來。不過我又能說些什麼？一開始我以為，我們無論如何都會有好結果，然而此刻我領悟到，為時已晚。我愛她，但她要我做出選擇。而這很荒謬，因為根本無從選擇。

當我把身後的門關上時，聽見她在裡面放聲大哭。像動物的悲鳴，那樣的聲音，我過去從未聽過。

這就是全部了。大約三年後，我收到了一封信。更確切地說，信封裡裝的是一張卡片，上面密密麻麻寫滿了她端正的字跡。她說她離開小鎮了，現在跟一個名叫史蒂芬的男人住在一起。我應該找個時間去拜訪他們，史蒂芬會準備烤肉架，我們可以一面吃香腸配馬鈴薯一面聊天，或者就只是坐著享受花園。享受花園？我想像著她在一幢有碎石路、梨樹和刺柏圍籬的小房子裡過日子，覺得這個想像有點奇怪。她對植物毫無概念，而且對葉片下方的那些小動物感到噁心。史蒂芬可能得獨力照顧所有的花花草草。

露易莎卡片寄來的那天，我去了金色之月。口袋裡還有幾枚硬幣，我坐到「幸運交易」旁，然後開始玩。事情就是這樣：只要你不斷按著那按鈕，捲軸就會轉動。你拿錢來玩，你提高賭注，你會贏幾次錢，然後你會輸掉。不過你會繼續玩下去，會一直繼續玩下去。

露易莎・塔特納

這裡聞起來像男人。像他們的呼吸，他們的唾液，他們的汗水，像他們過完夜後會留下的一切。那床鋪還有餘溫，被子皺成一團，床單上則帶著汗漬。它們的形狀有些看起來像島嶼，有些像人頭。我想像那些男人是怎樣躺在床上，怎樣在度過充滿挫敗的一天後，全身是汗地蜷縮在這個巢穴裡。他們穿著漆革皮鞋、拖著行李箱四處奔波，在走道、在房間、在廉價餐廳裡呆坐；他們杵立在車站、在門口，東奔西跑，行色匆匆；他們一整天滔滔不絕，臉上堆滿笑容，卑躬屈膝地靜心等候，對任何事都得隨時準備就緒，只為了最後能爬上一張冰冷且陌生的床。他們進入夢鄉，夢中有得權與失勢，有掠奪與瓦解，有火車站與飲料量販店，有一排又一排空空蕩蕩的長木椅，以及像撕碎布料般掛在火車車窗外的女人手臂。

你知道我為什麼那麼清楚這些男人的夢嗎，列尼？那是你跟我說的。還記得柯畢斯基吧？你靠在他車行的落地窗上，背後是燈火通明且陳列著昂貴汽車的銷售大廳。那一刻的你看起來很棒，姿態中帶著灑脫和對這個世界毫不在乎的輕鬆淡漠。你低垂著頭，臉藏在陰影中，這讓你充滿神祕感，也讓我覺得似曾相識。不過我認錯了，我以為你是某個我認識的人，這也是為什麼我會主動找你搭訕的原因。或許我該立刻把事情解釋清楚，可是當時的你太風趣，而我太寂寞——也或許是我以為你很風趣，只因為我太寂寞。不過事情就是如此，結果並沒有什麼不同。後來柯畢斯基施放煙火時，我們已經肩並肩地靠在落地窗上，一起看著夜空中的火樹銀花。

人們警告過我要小心你。所有認識你的女人，以及絕大部分的男人都這麼說。我奶奶就說了，妳要留意，這個男人對妳沒有好處。而我回答別擔心，我是成熟的大人了。在愛情面前，人永遠不夠成熟，她這樣說。我說奶奶妳老了，妳有妳的人生經驗，但那些經驗不是我的，瞭解嗎？她只用那雙灰色的老眼望著我。

所以，如果你以為那天傍晚我對你是別有居心，你就錯了。你常常是錯的。

我在沙發上睡著了，然後把頭靠在你的肩膀——你真的這樣以為？其實我一次都沒睡著過。我只是閉上眼睛，因為我知道你會注視我的臉。我能感受到你的目光，而且知道只要不睜開眼睛，你就不敢移動半分。這是我留住你的方式，至少在影片播完前。

這也是事實：我想得到你。這種事是沒有道理的。就像你投身一條河，即使知道它將流向萬丈深淵。這種感覺，只有想要尋短或墜入愛河的人才會懂。我想要你，而我也得到了你。我跳進了那條河，能夠與你在洪流中一同浮沉，是件美好的事。

我從未告訴過你，一次我看到你在那裡。就那麼一次。我受夠了總是等待，於是大半夜裡出了門。整座小鎮一片漆黑，只有金色之月的窗戶裡透出的光線照射在馬路上。我看到你站在那部機器前，看到你的手指以一種沉穩的韻律，把硬幣一個一個推進投幣孔，看到你的腳跟著在木地板上打著節拍。我也看到了你的臉龐上不斷掠過那些小燈泡反射的彩光。我想過去找你，卻像被釘住了一樣，只能站在外面的馬路上。令人困惑的是你看起來很快樂。你一直都像當初我在柯畢斯基那裡認識你時一樣好看，但我卻從未覺得你如此陌生過。此時此刻，你是一個帥氣的、快樂的陌生男子，我盯著你看，約莫半個小時，說不定更久，然後轉身回家。

我不知道是什麼驅使我繼續下去。不，或許我是知道的：因為害怕孤單一人的恐懼，還有我的叛逆心。我生出一股愚昧的好勝心，想要做給所有人看，證明他們都錯了，旁人的經驗與我無關，而且並不是每條該死的河，都得匯入該死的萬丈深淵。

你記得你擺在床上，送我的那條紅寶石項鍊嗎？我睜開眼睛時的第一個念頭是枕上怎麼會有血跡？然後你幫我戴上了項鍊——那是玻璃石，一種冰涼、光滑而且廉價的玻璃——我什麼話都沒有說。後來這條鍊子某天消失了，我也什麼都沒說。奶奶的銀戒子忽然不見蹤影，我袋子裡的硬幣與紙鈔不翼而飛時，我仍什麼都沒說。你有沒有曾經疑心過，我從哪來這麼多錢？我的包包裡，為什麼總會放那麼多零錢？你認為在黑山羊這種廉價旅館裡打掃房間的女清潔工，能賺多少錢呢？當然不夠你用啊，列尼。

然而我有我的好勝心。那些躺在凌亂的床上作著凌亂的夢的男人。他們在我耳邊呢喃的許多話語，他們的姓名，我一個也記不得。他們的臉孔，在我還沒離開房間時，就已經從腦海中模糊淡去。留下的只有那些氣味。

不過這些都罷了，事情還可能更糟。你的謊言、小偷的行為，我都原諒了。你真以為我不知道你的工作不僅僅是修剪玫瑰的枝芽嗎？你認真想想，難道這些年來，我從不曾見過你是怎樣清洗那些大垃圾桶，或刮掉人行道上乾掉的狗屎嗎？

我原諒你了，列尼。但是我無法原諒我自己。我並不是遺憾那些因此浪費的時間，因為時間並不會不見。我失去的是尊嚴，或許更該這樣說：我把它丟棄了。就像脫掉一件舊大衣那樣，我褪下了我的尊嚴。

你離開的那天晚上，電視裡播了一部電影。故事說一個飛行員，在波多黎各愛上了一個有雙黑眸的女走私客，還因為她捲入一團混亂中。飛行員經常因為天氣太熱而失眠，總愛用拇指搓捻自己的小鬍子，除此之外還演了什麼內容，我就不知道了。因為整部片子的放映過程我都在哭。我埋在枕頭裡啜泣尖叫，滿腔怒火且無法理解到底為什麼事情會變成這樣。我想到奶奶以及其他人，也恨他們所有的人，我恨我自己，但我最恨的人是你，列尼。

不知何時，我停止了哭泣。影片已經播完，我在被單下聽到的新聞播報聲彷彿是從遠處傳來。我心底有些東西破碎了或被撕扯了出來，我知道，我不會再看到金色之月裡的你，那個帶著狂喜神色的你。

史蒂芬是個好男人。他看上了我，而我倦乏了，希望有個人可以依靠。他賺的錢夠我們兩個人用，於是我辭掉在黑山羊的工作。我想要好好照顧花園，但那些花草一棵接一棵地全死光了。我對史蒂芬說，也許問題出在土壤或雨水上，也可能是因為空氣太髒或其他原因。或許妳說得對，他回答，於是我們把三分之二的草坪鋪上了水泥。不過至少梨樹抽出新芽了，梨花細緻而粉白，春天時，它們的香氣會從敞開的窗戶飄進屋裡來。

你一定認為我還活著。你的想像力向來有限，或許你幻想著此刻我正站在你的墳前，眼裡含著豆大的淚珠之類的。你又猜錯了。

記得那張我寄給你的卡片嗎？我在四月的一個傍晚寫了那張卡片，

當時外頭下著傾盆大雨。我坐在廚房桌邊，一面寫著卡片，一面有種很久都不曾如此自由與痛快過的感受。寫完後我起身走到窗邊，那棵梨樹被雨水打得沙沙作響。隔天早上我因為太虛弱而起不了床，不到一個月後我就死了。有種東西，其實早在更久之前就從身體裡面吞噬著我。史蒂芬一直到最後都陪在我身旁，他就坐在我床邊，我能看見他的臉怎樣逐日蒼白，直到最後融入房間石灰白牆的一團明亮中，再也無法分辨。那些白天與黑夜，幾乎沒留下多少痕跡，而我最後的記憶之一是你的手，列尼。你的手聞起來像泥土。

葛達・貝爾

我躺在這裡想著你。或許我只是夢到你，反正沒什麼差別。我知道今天是星期天，因為上面可真熱鬧。我們以前有時星期天會待在床上，會做愛，或只是靜靜地躺著。跟一個胖子在一起是如此樂趣無窮，我之前從不認為有這種可能。當然我們不是整天都待在床上，也沒有人會這麼做吧。不過在外面戶外也很美好。沒有你的星期天是不完整的，愛著你，然後躺在你身邊，不管是在床上、在草地上或在白雪間。這樣就夠了。

林多

花園裡，有個小男孩坐在收音機前，他聽到了一首歌，哭了起來。小男孩嗚咽啜泣，不是因為這歌曲如此令人悲傷；他嗚咽啜泣，是因為這首歌很快就會唱完。

那是夏天，黃蜂直接飛進屋裡來。牠們太早孵化，然後在死去前會幾隻或成群地在房間裡、桌子上、窗戶邊到處嗡嗡作響。我的母親會把死掉的黃蜂掃進小畚箕裡，父親為了要找出牠們的巢穴，則爬上了車庫屋頂，打算用煙把牠們燻出來。我喜歡黃蜂，並不怕牠們可能會螫人。我怕的是其他東西。黃蜂對我而言是無辜的，只不過牠們現在紛紛掉進母親的那個小畚箕裡，變成僵縮起身體死掉的天使。

我的收藏有：石頭，小塊硫磺，乳牙，蝸牛殼，都是一些髒東西，裸女照片，死人的名字，橡皮圈（除了紅色外的所有顏色），軟木瓶塞子，啤酒杯紙墊，郵票，眼鏡鏡片，罵人的髒話，復仇點子。

復仇點子：挖出父母親的祕密，然後以匿名信公諸於世。在市集街上橫拉一條細鐵絲，等數學老師騎腳踏車經過時身首異處。炸掉幾棟建築物。重新把她追回來，以便之後再把她甩掉。在市政廳廣場上自焚。把父親的眼睛挖出來。把母親剁碎。放棄復仇，以善良與寬大讓仇人自慚形穢，讓他們陷入自我卑鄙行徑的泥沼中。

我的手，手掌小巧柔軟又紅潤，拍打在地毯上，然後在積木上，在消防隊的房子上。一切都該毀掉，一切都應該在我那熾熱滾燙得四處飛濺的怒火中灰飛煙滅。我的手，任憑我差遣。那些大人的叨唸在還沒鑽進我耳朵前，就會被它們殲滅。我的手是我的好兄弟，我僅有的好兄弟。

同樣的一雙手（真的是同一雙嗎？），在七十年之後。我細細地端詳它們，看著那些斑點、皺紋，那些毛髮與疤痕。到底發生了什麼事？這雙手此刻擱在黃色的塑膠桌布上，交握的十指有如植物多瘤的根。在這把年紀，它們倒也懂得祈禱了——或許更該說是懇求：請賜與我，請容許我，請赦免我……拜託，拜託！

年少時對某些事渴望初體驗，如今不知不覺的，許多事你會希望是最終體驗。

總是塑膠桌布。在屋簷下，在花園裡，在學校。在餐廳後面的包廂，在接待室，在旅館。在鄰居家，在警察局，在消防隊，在所有其他地方。

在休息間，在醫院，在地下室。

在春天的慶典上，小燈籠在風中搖曳。天色都還沒暗下，就已經發生三起鬥毆事件。一切似乎都一如往常，卻又截然不同。一條黃裙子，一個笑容，鞋子裡有顆小石頭——墜入愛河是種發炎現象。比起之後在她面前脫光衣服，牽起她的手需要更多勇氣來克服障礙。不過至少此刻你還不需要說太多話。

今晚就讓窗戶開著吧。——貓會看見我們的。——我沒問題，現在過來！我愛她，我愛她的小肚子，她的小屁股，愛她的臉蛋及聲音。她的一舉一動，一言一行，我全部都愛。這個晚上我們愛得欲仙欲死，而那些貓，也有牠們自己的樂子。

然後我跟她結束了。什麼事都沒發生，連另一個男人都沒有。反正她就是離開了。那些她所說過的大道理，像磚石般堆疊在我面前，我是聽而不聞，過耳即忘。她打包了自己的東西，搬到她母親那裡，後來更離開了小鎮。道別時我們互相擁抱了一下，然後她說：我會打電話給你。

與她相處的時刻，也變成了一種收藏：金黃色的夏日，腳墊上濕答答的倉鼠，放在鞋盒裡的檀頭，用一罐的價格買到三罐止汗劑，扭曲的笑容，烏鶇事件，楊樹上的黑煙，我們在樹下，在沙發上，在廚房桌上，在草地上，在田野間，在床上。

我們的桌子，現在又變成了我的桌子。

當然後來還有幾個女孩。不過不再一樣了，但誰又想要一樣呢？後來我養了一隻公貓。那是隻老貓，毛髮禿又缺乏光澤，尾巴折斷過好幾次，一隻後腳像根拐杖似的，連著臀部僵硬地拖行。牠的右眼有點混濁，只能緩慢地轉動，說不定這隻眼睛是瞎的。不過牠的一口黃牙倒很健康，而且即使拖著一條壞腿，還是像年輕小伙子那樣能跑。我們打從一開始看彼此就很對眼，牠走近我，在我的褲管四周打轉磨蹭，那時牠的外表看起來有些抱歉，既單薄又瘦弱，我花了好一段時間，才讓牠重新滋潤強壯起來。唯一的問題是牠身上的味道，這點讓人無計可施。這隻貓聞起來像垃圾桶，不過隨著時間過去，我也習慣了那味道。一直要在牠死掉之後，我才又重新聞到春天的氣息與我身體的味道。

我想，我跟這隻貓所說的話，要比對大部分人說的都還多。

夜晚的天空一片暗藍，醉鬼站在窗下，對著他們的弟兄或自己的渴望怪聲怪調地亂吼咆哮。然後周遭再度陷入了寂靜，屋頂上出現一道陰影。市政廳可能又有蝙蝠出沒，這是幾十年來頭一遭。電話響了起來，然後又停了。胃在咕嚕咕嚕地叫，桌上有塊麵包。然而桌子太遠了，一切都太遠了，只有蝙蝠蹲坐在你的額頭上。牠蹲坐在那裡注視著你，然後展開雙翼蓋在你的臉上。

關於「捨棄」，就是這麼一回事。我洗臉時一顆牙從嘴裡掉了出來，這顆牙從沒疼過，也一次都沒搖過。此刻它躺在洗臉槽裡，因咬嚼而磨損，顏色偏黃且帶著棕色的斑。它是個叛徒，不過至少我還保有七顆牙齒，我要來幫它們取名字。

父親在走道上響起的腳步聲。母親毛皮帽的味道。醫生也在，還有夜間看護的聲音。有火車經過。我們的手指，落在電影院絨布座墊椅子間那道有點噁心的縫隙裡。搭公車。昏暗的冬日傍晚。廚房地板上灑出的牛奶。跌倒，傷口，疤痕。她的手臂，她的腳，她的額頭。垃圾集裝箱裡裝著磚塊的盒子。餅乾，蘋果，奶油麵包。十三只杯子卻還是不夠用。家門前的死鳥。窗台上垂死的黃蜂，像顆嗡嗡作響的陀螺。遠處傳來的樂聲。死神的到來，有如一陣風。祂會帶著你，祂會把你扛走。

這點我從何得知？我不知道。

史蒂芬妮・史當內克

我親眼目睹了陷入火海的教堂。那是秋天裡一個溫暖的早晨，當時我已經上了年紀，不安的焦慮感驅使我一大早出門。穿過那些街道，沒多久就聽到火焰劈啪作響的聲音。教堂燒得四周一片亮晃晃，從敞開著的大門，看得到神父在漫天濃煙後的身影。他站在一片火雨當中，向外張開自己的雙臂。人們一面急奔過來，一面大聲叫喊，然後消防隊也來了。在神父被救出來並放在擔架上時，他的背已燒成了黑色。整座教堂都燒毀了，一旁栗子樹的枝椏上，閃爍著無數小燈泡似的火星。那景象看起來很美。因為這些記憶，我的心抽痛了起來。人們後來重建了教堂，不過它的上梁典禮，我已經來不及親身參與了。

在我死去的那個晚上，雲氣在天空聚積，沒多久就開始下起雪來。

天寒地凍，葬禮時有個工人滑倒了，差點就跌進已經挖好的墓穴裡。來參加葬禮的人沒幾個，蘿塔，我的孫女露易莎，三個女人，以及一位我不認識的神父。神父說：「安息吧！因為妳累了。」而天空一直一直在下雪。

我見過許多教會裡的人，一個都不喜歡。我不信任他們。我喜歡上教堂，卻從來沒有告解過。因為我心知肚明，即使上帝原諒了我，我也無法原諒自己。

不過神父說得對，我是累了。我的人生，長路迢迢。回想起這條路的開端，想到那座我不想說出名字的村莊。想到那些動物，想到麥稈燃燒時馬糞堆以及春天的陽光的味道。想到冬天時瘦骨嶙峋的樹，想到灌木叢裡凍死僵掉了的沒有眼睛的野兔，想到聖誕節餐桌上的肉。想到雙親，想到爸爸的靴子。想到森林，想到雪，那許許多多的雪。

我們已經聽得到前線的聲音，而地平線上的森林似乎在冒著火光。

當他們來到這裡破門而入時，我和我的小蘿塔，正蜷縮在牛旁濕氣很重的麥稈堆裡。他們帶走了我的父母，以及我們所有的一切。我們的房子最後也付之一炬。

幸好我們能在鄰居那裡躲一段時間。儲藏室裡的地板上，有幾塊木板可以掀開，我們蜷縮在那底下藏著。為了找肉、衣服還有女人，他們每天都來。當他們穿著笨重的冬靴，在我們頭頂上的房子裡來回啪答啪答地走動時，我們安安靜靜地躺著。我把蘿塔藏在我的大衣下，肚子能感覺到她暖暖的呼吸。

我無法理解為什麼後來連鄰居都給抓走了。她是個老婦人。也許她不小心犯了不該犯的錯，也許因為這一切都發生在黑暗中，所以有人弄錯，把她抓走了。總之有一天她忽然不見，而他們發現了我和蘿塔。不過我們運氣還不錯，後來被分派到一個全是老弱婦孺的隊伍裡。每個人都戴上臂章，整隊一起出發走向車站。火車進站時，小蘿塔興奮地揮著手。離站時，我從車廂的一個小窗向外看。火車動了起來，月台上閃耀著陽光，幾個男人一面笑一面不知道在對我喊些什麼。月台邊，有隻棕色的女鞋掉在那裡。

最初的那段路，我們搭火車走完。因為車廂太過擁擠，大家只能輪流坐座位，不過情況總算還過得去。快到邊界前火車停住了，接下來的路，我們得用雙腳前進。越過邊界後，我們把臂章撕下燒了，許多人像瘋了一樣地狂笑。有個女人把臂章扔在地上，在上面手舞足蹈又踩又跳。我坐在一塊石頭上面，鬆了一口氣。我之後的人生，亦即我在邊界那塊石頭之後的整個人生，就是一道長長的放鬆吐氣。

我們繼續列隊前行，一路餐風露宿，睡在車廂下、畜棚裡及曠野之中。夜晚寒氣逼人，而我們經常陷入飢餓。情況允許時，大家從田裡挖些洋蔥與馬鈴薯來吃，我們知道自己是小偷，但並不後悔這樣做。

對抗斑疹傷寒可以注射樟腦，不過樟腦會讓人瘋狂，我知道這點於是不肯再注射。在高燒不退時，我看見了一匹馬，牠站在遠方的地平線上，背上載著一輪紅太陽，而黑天使則坐在路旁的樹上。

我一直知道蘿塔有多麼堅強。她才不過六歲，卻像大人一樣能走，她在塵土覆蓋下的雙腿褐色且光滑。我們手牽著手，走在彼此身旁。總有一天我們會走到那裡，我對她說。我們會抵達目的地，然後休息，不過現在最重要的，就是繼續走。一直一直朝西邊走，置身於那些在我們前後移動且日漸稀少的人群中，步步前進。有一天我們會走到那裡，然後可以休息。

我們花的時間，比他們所說的更長。而這個國家大概空間有限，我們一下被送到這裡，一下又被送到那裡，最後來到了保羅鎮。有個親戚應該也住這裡，但我卻從來都沒有找到他。或許整件事，都只是我的想像。

一開始，我們住在布克斯特肉舖店裡堆煤炭的地下室。那裡又暗又冷，不過煤炭會吸掉濕氣，而肉鋪老板有時候會送幾根骨頭或切邊的碎肉來讓我們煮湯。

蘿塔從不認識她的父親。他寫的信曾經送到我們手裡，不過那之後我才聽說他早死了。蘿塔從未認識過他，所以也就不會思念他，這是她的福氣。我們在保羅鎮待了下來，沒有回頭路可走。

我找到了工作，一開始是在田裡，後來是在克勞斯納太太賣糖果及巧克力的店裡當店員。這份工作很有趣，而蘿塔也好好地長大了。因為吃了太多碎巧克力片，她有點胖，不過她還是找到了一個男人，然後把露易莎帶到這個世界。蘿塔後來為了一個工作職位離開了小鎮，露易莎則有自己的主見，決定待在我身邊。而我也目睹了她怎樣變成女人，為自己找了一個根本不值得一提的男人。

那時候，當我和蘿塔手牽著手走過這麼多時日；當我們從彼此身上汲取力量，我從她身上所取更勝過她之於我；當我們在夜晚聽著女人的慘叫，早上看著死去的人被草草埋在路邊，以免曝屍在正午的高溫下——那時候，蘿塔不曾吐出過半句怨言。在她的鞋子完全磨穿，腳上只能裹著破布繼續前行時，她什麼都沒說；在車廂被搜查且洗劫一空，在我們身上僅剩的東西——證件、衣服、食物，全被拿走時，她也什麼都沒說，更不曾哭泣。只有我經常在她睡覺時哭泣。我感到悲傷，並不是為了那些我們所失去的東西。我的眼淚是因為蘿塔的堅強。

在我們漫長的旅程中，發生過一件事。

有一次隊伍必須停住，整整四天四夜，我們進退兩難動彈不得。前方很遠的地方據說發生了火災，道路因此必須封閉。我們於是等待著。夜裡冰冷的月光灑滿大地，風颼過乾巴巴的地面發出呼嘯，讓我心生恐懼。只要有片雲遮蔽了月光，我就覺得看到了鬼鬼祟祟越過田野的人影或野獸。我們睡在又硬又冷的田地上，蘿塔小小的身體，在我的大衣裡打著冷顫。離馬路一段距離的地方有戶農莊，由一棟住家，一座倉庫以及幾間畜舍所組成。住在那裡的人是租了這塊地的農夫，人們對他並沒什麼好話。我觀察過他好幾次，看他怎樣用繩子牽著一隻大黑狗，驅趕那些把他的田地當廁所的人。但是天氣實在太冷了，「畜舍裡會比較溫暖，」到第三個晚上時我這麼說，「我們過去吧！」但蘿塔不願意。她說她不想越過那些田地，那乾裂土塊間的陰影讓她害怕。我不理會這種想法，告訴她頭上有片屋頂，背底下有些麥稈，對我們有益無害。

遠遠的我們就聽見了狗吠聲，那個農人站在門前。他是個粗壯的男人，有著顏色偏紅的頭髮與形狀有點奇怪的大手。他的腳上穿了一雙沾著泥巴的及膝長靴，從他身後的屋子裡，傳出了鍋子在爐火上燒煮東西的咕嚕咕嚕聲。我問他能不能讓我們在他的畜欄裡過夜，他久久地注視著我，眼裡不帶任何善意。不過他答應了，我還記得我是如何喜出望外地迸出笑聲，然後又同時為這個笑感到羞愧。

豬舍是空的，也許他得把那些豬賣掉，或者是把豬給宰了。我們在鋪有麥稈的地上躺下，他給了我們幾顆水煮馬鈴薯以及蓋馬的被子。在吃掉那些馬鈴薯之前，我們把它握在手裡良久，比起被子，這帶給我們更多的溫暖。入睡前，我聽到隔壁畜舍傳來動物的窸窸窣窣與咀嚼聲，某個瞬間我心裡想著，一切可能很快就會過去。

那個男人進到豬舍裡來時，肯定已經是午夜之後。那扇門幾乎是無聲無息打開的，但因為睡得不沉，我還是被嚇了一大跳。他走進來並在屋舍中間站住，月亮就掛在他身後的夜空，他的臉半掩映在陰影裡。我看不清楚他的眼睛，卻知道他正垂眼看著我們。他的呼吸沉重，我可以在月光裡看見他吐出的霧氣。我小聲地說著：「走開！請走開！」

「我想求妳一件事。」他說。

「我的老天，是什麼事？」我問道。

他向我們踏近了一步，但還是站著。他的面孔完全消失在黑暗中，手臂稍微往上舉，而我被嚇到了，因為我看他手裡拿的是什麼。那是一隻死掉的雞。他抓住了那隻雞的脖子，而牠了無生氣的身體，正在他的手底下晃來晃去。

「希望妳能聽我說一點話。」他說。

他的聲音裡有種悲傷，而他站在那裡手握著死雞的樣子，突然讓我對他產生了同情。我對他說：「坐下吧！不過小聲一點，孩子在睡覺。」他在我們身旁的麥稈上坐下，然後開始說話。「或許妳能瞭解我，」他說，「我希望如此。非常希望如此。我認識像妳們這樣的人，知道妳們是從哪裡來的，而我也知道，妳們不會回去了。妳們……我看到妳了，妳和妳的女兒。妳們越過田地來到我家的樣子，我看見了，而那是一種……我不知道那是什麼，但我有一種預感，妳會願意聽我說話。」他說得很慢而且斷斷續續，同時眼睛盯著地面，就好像一字一句，都是從鋪在那上面的麥稈裡挑揀出來的一樣。「我還不算老，但卻已經睡不了覺。夜晚時我總是想東想西，想的都不是什麼好事。有時候我覺得那根本就不是我自己的思緒，那些思緒就好像在黑暗中飛過田野，然後在我腦袋裡落腳。」他抬起頭來，而我看見他的一雙眼睛裡，飄浮著一輪又小又亮的明月。「我曾經有過老婆，」他繼續說著，「一個好老婆，她待在我身邊。我們坐在同一張桌子旁，睡在同一張床上，夜裡我聽得到她的呼吸。而她呼吸的聲音，趕走了我所有的思緒。」

他陷入了沉默，接著身體猛然動了一下。我以為他想站起來離開，然而他再度沉浸在自己的世界裡，眼睛朝下盯著地面。「妳看到了這片土地，」他輕聲敘述著，「這片土地很大，但沒有大到足以承載一切。最初的情況不同，那時候我們會在天氣和煦的傍晚坐在屋前，向遠方眺望。不過我也總會望向她的臉，當夕陽的餘暉閃耀在她臉上時，一切是如此美好。我所能做的，除了愛她就沒有別的。」

他注視著被豬舍大門的四角給框起來的月亮一會兒，然後繼續說：「那些年就這樣過去了，一切本來可以很好。但是不知道從什麼時候開始，她變得焦躁不安，再也無法安靜待著什麼都不做。她心裡有了些什麼，一種我所不知道的渴望，反正她就是想要……她想要一些東西。」

突然他站了起來，情緒有點激動且呼吸沉重，而我怕孩子會醒來。我對他說：「坐下吧！繼續說。」於是他又坐了下來。

「我以為一切都會圓滿起來。或許我該……我不知道，反正她變得不容易滿足了。傍晚時她再也不想坐在屋前，她說看著這片田很單調乏味，陽光會刺痛她的雙眼。她變得既冷酷又惡毒，於是我也變無情了。也許這對她並不公平，但是我又該怎麼做？我最大的恐懼，是她可能會離我而去。我告訴她我們必須有耐心及信念，守在彼此身邊，我一再這樣對她說。」

男人上身前傾，看起來就好像哪裡會疼痛一般。然後他又直起身繼續說下去，他的聲音帶著一絲顫抖，音量比之前更低。

「某個春天的傍晚我獨自坐在屋前，我喝了酒，整片田野在我眼前敞開，彷彿沒有邊界。突然間，一切好像變得簡單了，而我想讓她也看看這片美好。我想把她抱在懷裡，我相信她能理解我，從此刻開始一切都會轉好。我喊了她的名字，但她沒有回答，於是我進到屋裡。她坐在桌邊，眼睛盯著一個裝了洋蔥的大碗。我告訴她應該跟我一起到屋外來，想讓她看些東西。但她只搖了一下頭，這讓我很生氣。我關上門並開始規勸她，希望她終能清醒，也希望一切恢復如常。我愈講愈大聲並開始責怪她，我說了一些可怕的話，大喊大叫且暴跳如雷，還把拳頭砸在廚房的櫃子上。我拿起那個裝滿洋蔥的大碗丟向碗盤架，在那些破碎的碗盤與洋蔥上用力跺腳，碎片在我的靴子底下嘰哩嘎啦響，而一切一切……都毀了。」

他坐了很久，一動也不動，眼睛是閉上的，呼吸則很沉重。就在我以為他睡著時，他又說了下去。

「我想求妳一件事，」他說，「只是件小事。我給妳帶來了這隻雞，屋裡還有雞蛋和甜菜。妳能帶多少就儘管帶，全都拿走吧！」

「你想要什麼？」我問道。

「我希望妳能讓我跟妳的女兒單獨待一會兒，妳可以暫時到屋外去，不會有任何事的。妳可以信任我，我認為這是老天給的禮物。妳們找到了來我這裡的路，而妳們的出現，就是那個我期待已久的禮物。」

他握住我的手臂說：「相信我，我不是壞人。拜託，相信我。」

我該說什麼呢？我們正餓著肚子，而他的言語裡，有種讓人悲傷的東西。我並不怕他做出什麼壞事，所以把蘿塔的頭輕放在麥稈上，把被子蓋好，向外面走去。

那是個淒冷寂靜的夜晚。整片田野籠罩在月光中，而它後方的遠處，看得出有一排車子，一輛接一輛地向外延伸到地平線之外。空氣中瀰漫著燃燒木頭的味道，我想我該來煮那隻雞和甜菜，雞蛋則要用我的羊毛圍巾裹起來放好。說不定可以用麥稈來包，這樣能避免陽光直接曝曬。

豬舍裡沒有傳出任何聲音，出來時我只把門虛掩著，但現在卻什麼都聽不見。我想著男人所說的那句話：妳們的出現是一個禮物。心裡忽然浮現另一個念頭，有幾秒鐘我闔上雙眼。我想我聽到了自己的心跳，那撞擊聲是如此之響，我覺得到處都能聽到。

我躡手躡腳地走回豬舍，從門縫往內望。眼睛花了一點時間才適應那黑暗，我看到男人形狀不規則的身影，一動也不動地跪在蘿塔身邊的麥稈上，他的手張開放在膝蓋上，上半身則前傾到蘿塔上方，他在觀察她的臉。我還來不及想，這幅由曲膝跪著的男人與睡夢中的孩子所構成的畫面有多麼寧靜祥和，就看到蘿塔張開了眼睛。被那男人身體的陰影所遮蓋，我無法立刻看出她臉上的表情，不過我看到她是如何瞪視著對方，也看到她眼裡的驚恐。

我撞開那扇門並大聲尖叫，用兩隻拳頭猛捶他的背，就在我從眼角餘光看見他發出一聲微弱的嗚咽並向一側倒下時，一把拉起蘿塔，和她一起向外面跑去。我把她抱在胸前，一直跑到路邊停住，我爬到一輛車子底下，並盡我所能用身體蓋住蘿塔。

這就是伴著我度過那剩餘的漫長旅途的全部記憶：我孩子的眼睛，黑夜裡兩滴晶瑩剔透的淚珠。

隔天道路放行了，我們繼續向前走。

因為在那無止無盡的時日裡，總得看著映在前方地上的影子前行，我不由得生出了一種感覺，彷彿即使沒有我們，那些影子直至今天還是一直一直地獨行下去。

海納・約瑟夫・蘭德曼

早安！

保羅鎮的鎮民。你們把我放進這個坑裡，然後讓理查・雷格尼爾丟進一小根折斷的榛樹枝表示道別時，心裡是什麼感受？在神父發表演說時，你們又在想些什麼？他得站在一把廚房用的矮凳上，才能讓大家聽見，因為你們全都來了——對此我得說聲感謝。這是我最後一次向各位致謝，還是從墳裡傳送出來的。順便報告一下，這裡躺起來，一點都不像我曾擔心的那麼糟。

還有，為了準備那場演說，可憐的神父得多傷腦筋！只是他的言語裡沒半句實話。因為說穿了，真相不過是一種嚮往。

我躺在墳裡，你們的鎮長。而我的父親，老海納．約瑟夫．蘭德曼，就躺在我身旁近在咫尺之處。我們一輩子從未如此親近過。他的父親，我的祖父，提奧多C．蘭德曼，則躺在我們下面大約半公尺處。人會隨著時間，愈來愈往下掉。

提奧多C．是個建築師，你們一定都知道他設計了鎮上的公園以及小學校舍。他精於算數，沒有人比他更會畫樹。除此之外，他還是大家的朋友。以這點而言，老海納．約瑟夫就絕對不是。他受不了「人」這種生物，痛恨大部分的人，包括我的母親和我。很可能正是這個原因反而讓他當上了鎮長，而且還持續近十七年之久。反正有關當局設法讓他與人保持必要的距離。他是個糟糕的丈夫與父親，而我是個蠢笨的孩子，想把事情做得比他好。從某種觀點來說，我也做到了。

我甚至撐得比你還久，老爸，二十九年。這個城鎮的命運，掌握在我手中如此之久。

如果這聽起來還不夠優秀，那我就不知道什麼才算好了。

不過你們對於批評我的過錯，倒是從不厭倦。即使我人都已經躺到這裡了，在這濕冷的墓穴深處，還得聽你們的抱怨。你們說，我開了厚顏無恥的空頭支票。不然我要怎麼做呢？我是個政客啊。而且那些承諾，我也真的試著要遵守。我會出面，就是想為這座小鎮做點事。做最好的事。或者至少是不錯的事。無論如何做，一些跟我老爸不同的事。

你們又說，我使盡手段，一一除掉了競爭對手。沒錯，我是這麼做（附帶說明，其實也沒用上多少手段）。

我聽到你們在竊竊私語，議論著漏洞百出的投票箱、某些不翼而飛以及重複數了兩三次的選票。拜託呀我的老天爺！一隻公羊只要能帶領羊群平安過冬，誰管牠是怎麼變成領頭羊的？

你們又說，我在女人這方面實在太誇張。說實話，我還真不知道跟女人要怎樣才算誇張。

你們還對賄賂議論紛紛，說賄賂是醜惡骯髒的事。不過我要反問，假如我不在事前拿點什麼，又要怎麼給予呢？人只有在口袋滿滿時，才能搞點名堂出來。

或許也只有在這個時候，你們當中會有某個人——一定是個勇敢且早已知情，或至少一直想探知內情的人——挺身而出，並以堅定的口吻質問：蘭德曼，你能不能至少在翹辮子之後認真一點？我的答案是：沒辦法。

你們認為我在拐騙卡爾·約納斯的田地時，利用了他耳朵半聾的缺陷？還有，關於簽訂鎮上那座眾人引頸期盼的娛樂商場建築合約，你們也覺得我買通了土地鑑定專員及測量工程師，從中牟利了？親愛的朋友們，我有什麼權利斥責你們說謊呢！沒錯，我是在事情的進展上，稍微推了一把。「未來」在搖撼著保羅鎮的大門想進來，而我碰巧站在門口，於是順便收點入場費而已。

但後來發生的事，並不是我權限所能掌控。換言之，如果那些是我權限可管的內容，就不會發生之後的禍事。你們都還記得那可怕的一天吧？有三個人喪命在瓦礫堆的那一天。承重梁柱的位置立錯了，鋼筋太早冷卻了，水泥太晚灌了，還有地基下的土層太軟、太深，也沖蝕得太嚴重了，而我對此毫不知情。

這三個人的死，是我們共同的遺憾。他們就安葬在對面，在第七區，第四和第五排。

史蒂芬・維亨，弗里德貝特・羅海姆，馬爾塔・亞文紐。

你們知道我此生最感動的片刻是什麼時候嗎？不是我當選鎮長，也不是與後來變成我老婆的女孩間的初吻（你們都知道這段故事後來的發展了吧），更不是第一個孩子出世——當時我還把這件事視為理所當然。

不，是我們齊聚在第七區的第四和第五排，為三位鎮民最後送行的那一刻。

那一刻所有人的心跳一致，彷彿置身於同一個生命體中。在充滿死亡氣息的悲傷時刻，我們團結成人們所稱的生命共同體。

關係最緊密的共同體是家庭。有人會反對這句話嗎？沒有，所以我得反駁自己：家庭不過是一種具強制性的共同體。理論上它應該好好運作，但事實上卻經常行不通。畢竟人在離開子宮這個原生小宇宙之後，無從得知自己要面對的是誰。而那個秋天的星期六下午我們齊聚一堂所形成的共同體，是某種全然不同的東西。它的產生，出於每位個別成員本身的自由意志。

這就是我所要表達的意思。

如你們所知，我的母親在把我帶到這個世界之後就走了。那時候癌症這種疾病還不常被診斷出來。身為極度虔誠的天主教徒，媽媽以為有惡魔住在她身體裡，每天吞噬掉她肝臟的一小塊。只要她能夠說話，就咒罵醫生，拒絕吃藥，然後全心全意地把靈魂託付在病房牆上那座木刻的耶穌像上。我想，她是個挺天真的女人。

根據有點傳奇性的說法，我在四歲時就發下豪語：我要當鎮長，你們誰都沒辦法阻擋！天曉得我當時是否真的理解自己在說什麼，反正我大概是邊說，邊用雙腳在客廳地板上輪流猛踩。我是個倔強的小孩，或許深信當上鎮長，身邊就不乏成年女子圍繞，同時百毒不侵所向無敵。這個揣測的前半段很準，後半段可就不了。

癌也找上了我。

你們知道弗里德里希・塞爾徒納（Friedrich Sertürner）這個人嗎？弗里德里希・威廉・亞當・塞爾徒納曾經想當建築師，不過後來卻成了藥劑師。這是我的福氣，因為在一八〇四年時（當時保羅鎮的居民不過由四戶農家組成，雖然全是親屬，卻也恨之入骨。而他們的農莊，大致分佈在一座沼地水塘的四周，也就是今天柯畢斯基堆廢棄汽車的所在位置），塞爾徒納不知道從哪裡偷來了幾湯匙的純鴉片，並從中蒸餾萃取出了罌粟酸。

人們後來給罌粟酸取了另一個名字：嗎啡。這名字源自摩耳甫斯（Morpheus），祂是希臘神話中的夢神許普諾斯的兒子，可以化成不同人形，是不同世界間的信差，此外祂也是安祥死亡之神，而我認為這是為什麼人們對他產生好感的原因。

所以媽媽當年瘋狂的行徑，到頭來是可以被理解的：癌是有如魔鬼般凶惡的東西。你可能經年累月地帶著它四處跑，感覺不到任何異狀，然後一夕之間它突然開始作怪。那是一個大清早，你拿著保羅鎮通訊報坐在馬桶上，正打算看看讀者投書這一版，忽然間，你察覺到一股疼痛。那感覺就好像有條狗緊緊咬住你的腎，然後把它一塊一塊從你身上撕扯下來。那不是隨便可見的一條狗，牠雙眼流淌鮮血，巨大無比，邪惡又卑鄙。你用雙拳按著肚子，從馬桶座上一頭栽下，在地磚上打滾。接下來某人叫著你的名字，乒乒乓乓敲打著門，他會破門而入，大聲驚喊，然後是急救人員，閃著藍燈的救護車，醫院……等等等。

第一針打下去之後，情況會好些。稍後當你躺在床上吊著點滴，眼睛只能欣賞天花板吊燈的美麗，而那些疼痛慢慢褪成模糊的記憶時，你覺得一切將恢復正常。

不過事情並不會如你所願。你的身體會像一個老木桶那樣逐漸朽壞破敗。最後一切會發展得很快，但相對來說還算舒適，因為有嗎啡陪伴我走向死亡。

我記得小時候有次在堆肥堆上拉屎，爸爸用糞耙重翻了那堆肥。那糞堆所在的位置，差不多就是今天萊贊父子保險公司的玻璃帷幕辦公大樓所在地。人類所有的一切都是短暫的，這件事有點說明了這點。

我也記得在地下室的某個角落發現的那口舊鍋。我曾往裡面撒尿，然後用它來幫花園裡的蕃茄施肥。後來我才知道這「鍋子」根本不是鍋，而是爺爺缺了一角的鋼盔。它上面的缺角，連帶著爺爺左側太陽穴的一大塊皮肉，都被某個眼睛銳利的不得了的英國人給打掉了。事後爺爺還活了四十六年，而且過得很不壞。

我記得我所握過的許多手，以及那少數的，牽過我的手。

我記得那一天的太陽，低懸在覆滿白雪的田野上。才剛日出，幾隻雲雀就疾飛至空中，彷彿要逃離那冷冽的光。

我記起了父親。

我記得市政廳裡的那座沙發椅。我從姑姑那裡繼承了這把椅子，上任後的第一件事，就把它拖進鎮長辦公室裡。椅子裡有蛀蟲，一根椅腳總會落下木屑粉末，椅墊的裂縫裡，還會冒出填塞其中的馬毛。這把椅子又舊又醜，坐起來也不特別舒服，但它只屬於我。愚蠢與瘋狂包圍著我，但它對我而言就像是一小座避風港。我可以往那上面一坐，把背朝後靠，把手埋進馬毛中，覺得自己好像在家裡一樣放鬆。

我親愛的保羅鎮鎮民，讓我們最後一次，真的是最最最後的一次，重新檢視我的錯誤。沒錯，我賄賂過，開過空頭支票，還可能製造了不少私生子；我說過謊也騙了人，我既糟糕又惡劣，我虛偽又卑鄙。但總歸一句話：我的朋友，我跟你們半斤八兩，沒什麼兩樣！

噢對了，還有一件事：前陣子在一個不冷不熱的夏天傍晚，有幾個年輕人在我的墳墓邊野餐，其中一個，就是老史威特那個沒禮貌又不成體統，還蠢到不可思議的兒子。他們會找到這裡，是因為我墳上鋪了塊巨大的黑色拉布拉多大理石，它能把從白天日照吸收的熱能，保存到夜晚。他們就坐在石板上面，滔滔不絕地瞎扯著最沒營養的廢話，而胡亂潑出的啤酒，則漫流在大理石碑鑿刻的家族姓氏上，黏住了那些字。有時候小史威特會在墓碑後面撒尿，而這總會逗得那些女孩吃吃竊笑加尖叫。我討厭他們這種品德敗壞的行為，痛恨他們的愚昧以及他們的青春美麗。我恨他們，因為他們身上擁有奇妙的東西，但是他們卻從沒在那光滑溫熱的額頭後面的腦袋裡，花過一點心思。

可不可以找個人去問問他們：你們願意永遠待在這裡嗎？

馬爾塔・亞文紐

還是個年輕女孩時，我會給幻想中的男人寫很長的信。我會在薄棉紙上噴香水，把它們放進沒貼郵票的信封，然後懷著小鹿亂撞的心，把信投進信箱裡。但我懷疑，它們是否曾經被誰打開過。

後來我寫了一本小說，不過沒人有興趣把它讀完。我在鎮外遠處的田野間燒掉了那疊書稿，當那疊紙幾乎燒光時，一陣風捲起了灰燼，那一刻我站在飛舞的暗影暴雪中，彷彿被一大群羽翼纖弱的黑蝴蝶所包圍。

我跟別的女孩不一樣。我缺乏她們身上那種快活的氣息，有時對自己的夢想存疑。在這具手臂瘦削、頸脖細長的皮囊裡，我覺得自己長錯了身體，就好像置身於這座馬路坑坑疤疤，夏天的地下室氣窗總會冒出霉味的小鎮一樣不對勁。夜晚時，我會打開窗戶躺在床上，把枕頭壓在胸前，渴望著自由與光明。

在十九歲生日的幾個禮拜前，我認識了羅伯。他坐在市政廳廣場的一把長椅上，不知怎麼的，在我眼裡他顯得有些迷失。他外套上的釦子扣錯了，而當我看到他那雙放在腿上，有點偏小的手時，心裡感受到一股從未有過的溫暖。我們視線接觸時彼此都沒有笑，從一開始，我倆之間就以一種奇怪的方式連結著。我們是如此迥然不同，有著南轅北轍的思路與感受，然而卻彼此相屬，好似同一根樹幹上分別向兩側伸出的連理枝。

我們結了婚，在兩個人都還不滿二十歲時。羅伯的求婚有點笨拙，因為戒指不小心從他手裡掉出來，而他得趴到廚房長凳底下才終於找到。這番周折使他的襯衫從長褲裡滑了出來，於是我看到他白色的青春年少的背脊。我們兩個人都笑了，然後我接受了那枚戒指，並且說「好」。我們的婚禮很美好，我跳了大半夜的舞，喝了酒並覺得非常快樂。從頭紗後看出去，賓客們的臉又美又柔和，而且我有生以來第一次，覺得自己是個女人。

那時小鎮的發展正慢慢蓬勃起來。幾乎每個角落都有冒著煙的新柏油路面，屋舍一整排一整排地翻新，沿著市集街則規畫出寬敞且裝有街燈的人行道。在我二十一歲生日的那天傍晚，我和羅伯站在其中一盞街燈下，並且試著說服他。我因為堅定的決心與之前喝的酒顯得有些激動，在回家的半路上站定了腳並抓住他的手。「我希望我們的日子能有所作為，」我說，「我想做些事，想要工作並且成長。我想開一家店，跟你一起開。」我能看出他努力自我克制，但也注意到他的太陽穴青筋如何暴起狂跳，好像隨時都會爆掉。「妳說的開店指的是什麼？」他問道。

「我說的是鞋店，一家專賣鞋子的沙龍。保羅鎮還沒有這樣的店，天曉得大家都去哪兒買鞋。我有一點錢，爸爸媽媽他們也能幫點忙，我們可以湊湊積蓄。一樓那間賣煤炭的店面已經空下來好多年了，想像一下：我倆，你和我，在我們自己的小小鞋店裡！我們現在需要的是一點勇氣。你也是這樣想的吧，羅伯？你願意跟我一起勇往直前嗎？」

他的面色有點無力地沉下，不過他說：「好吧，我們當然應該做點什麼，動手幹些事。而且，說不定這計畫並沒那麼糟。」

我一把抱住他並吻他。

我們的生意很好，小鎮邊新開了一家鞋店的消息傳得很快，店門上那個羅伯裝了好幾次才終於搞定的門鈴，幾乎整天響個不停。這棟房子位於要接地方公路的西向聯外道上，而我們的公寓就在店的樓上。日出時，我能看見那些坐在汽車擋風玻璃後方的通勤上班族的臉，如果從公寓的窗戶探身往下彎，還能擦掉店招**馬爾塔精緻女鞋**這幾個字樣上面的灰塵。我從早上八點工作到下午六點，注意倉庫的存貨，產品的展示與顧客的需求。羅伯則負責財務，有時候我們兩人為了要在他那雜亂無章的帳目中理出一點頭緒，得在廚房桌邊坐到天亮。

羅伯是個充滿不安與憂慮的人，他勉力過日子，他的理解中，生活是一種應付持續不斷需索的挑戰。那些逼迫著他的憂慮，那些似乎總擋在他肢體前的障礙，都是他得奮戰的對象。

求婚行動中不幸的小意外，只不過是他一連串笨拙事蹟的序曲。他手中掉落的不僅有鞋盒和鞋蠟罐，還有鞋楦，鞋刷以及打開的收銀箱，所有的東西都能掉在地上，而且幾乎每個星期都有文件或帳單不翼而飛。他不懂得如何處理生活中的大小事物。對於該怎麼與女人相處，也毫無頭緒。那就好像他的雙手自顧自地過生活，但無法把愛的想像化成現實。

有一天晚上我問他，「你究竟想要什麼，羅伯？」

「妳指的是什麼？」

「我指的是在床上。」

「噢。」他發出一聲，就沒再說什麼。

「說啊。」我堅持。

「我想。在這方面我沒什麼想要的。」他回答。

當時我是想要有孩子的。我經常想像在手臂裡輕輕搖著一個小人，會是怎樣的感受。等小孩長大一點時，我會牽著他的手，一起在田野裡奔跑，我們會用野花編成花環，在白楊樹下飛揚著的棉絮中轉圈圈。

當一個月又過去了，夜裡聽到羅伯在身邊呼吸的聲音，感覺到他在睡夢中抽動著的身體，我總因為渴望與喜悅而顫抖，期待著那理應降臨之事。

然而什麼事都沒發生。追究原因是多餘的，沒有解釋也沒有怪罪。我並不因此責怪羅伯，而且與其死命質疑，我寧可把所有的氣力都花在經營生意上。我想離開這條在我眼中愈來愈顯晦暗荒涼的街道，把鞋店移到市中心區去，於是積極尋找適合的店面。我夢想著它的空間明亮寬敞，閃耀著光華，也夢想著它散發出沙龍仕女的優雅氛圍，而那種優雅完全不遜色於踏進店門的每位顧客。每天晚上我都在描繪著，創造出這般充滿生氣與光采的氣氛，將會是怎樣的景象。有時候我會躡手躡腳地走下黑暗的樓梯，去試穿某雙最新款式的鞋子。我在店裡四處走動，看著鏡子裡的自己微笑，做著還是個年輕女孩時從未做過的事。

而我們的困難，是在花店老板格雷戈里娜．史塔瓦奇死後開始的。這個在保羅鎮上幾乎沒有人真正認識的可憐女人，被人發現死在她位於市集街的花店儲藏室裡。這間店面的位置絕佳，不過售價卻不是我們所能負擔得起的，而就在她的葬禮結束不到兩個月後，那裡開了一間又大又時髦的鞋店。屋主是愛德華．密爾博格，一個有著灰白鬍鬚及水藍色眼睛的強壯男人。他自稱企業家，涉足好幾個不同的事業領域，而他與鎮長的交情自然對他有益。不管天氣如何，他都戴一頂草帽外加穿一套淺色西裝，因為抹了太多髮油，那外套的衣領常覆滿油漬。

「以他那麼有錢和那個優良地段來說，要做好生意太容易了。」羅伯說。而我的心裡湧上了一股恨意，「閉嘴，」我說，「你就閉上嘴吧！」

每個星期五中午，愛德華．密爾博格都會到他的店裡來，除了巡視一切是否正常，也給店員發一週的薪水。他會坐在收銀台的椅子上，傳發薪水袋以及小小的、包在銀色包裝紙裡的巧克力糖，同時不斷笑著。

一個星期五，為了想跟他談談，我到了市集街。我有幾件事想告訴他，那是即使是到晚上都還清晰地在我眼前揮之不去，最最重要的事。不過當我看到那個坐在女人堆裡的傢伙時，要說的事卻一件也想不起來。愛德華．密爾博格就坐在那裡，他的草帽推到頸背後，嘴裡含了一顆糖果。「我想跟您談談。」我說。

他看著我問：「您是哪位呢，夫人？」他的臉上帶著笑容，不過並不含任何嘲弄意味。

那些女店員退開來，忙著整理鞋架。

「我想您應該認識我，」我說。「我的名字叫馬爾塔．亞文紐。」

在把嘴裡的糖果從臉頰的這一邊推到另一邊時，他臉上的微笑並沒有走樣。然後他站起來並向我伸出手。「有什麼可以為您效勞的嗎，夫人？」

我環顧了一下四周，店裡面的空間給人的感覺要比從外面看起來大得多，顯然密爾博格讓人把儲藏室的那片牆打掉了。

「她躺在後面的那裡。」我說。

「誰？」他反問。

「那個花店老闆。大概在那個位置，就是擺義大利男鞋的那個架子。」

「噢。」密爾博格發出聲音，他抬了抬帽子，並很快用手撥了一下在天花板燈飾下微微發光的頭髮。

「沒有人察覺到異狀，」我說得比原先打算的更大聲了一點。「有沒有這個女人，根本沒什麼不同，您知道嗎？」

女店員們停下手邊的工作，有個鞋盒裡的薄棉紙沙沙作響。

「她一輩子都是孤單一個人，」我繼續說著，「我相信沒有人真的正眼瞧過她。」

密爾博格一動也不動地站著，現在他不笑了。我其實還想繼續說下去，我想拿東西砸在他臉上，但最後我並沒有這麼做。

「您以為以您的財力和這個好地段，生意要好很容易是嗎？」我大聲嚷著，「不過你們對鞋子根本毫無概念，你們這些笨蛋。你們這些愚蠢、可悲又可惡的人！」

我走回街上，二月凜冽的風迎面撲打在我身上。人行道地磚縫裡的冰是黑色的，那是漫長冬天積累的髒汙。路上的行人不過小貓兩三隻，他們略彎著腰挺身前進，把臉藏在厚厚的圍巾裡。在馬路的另一邊，瑪格列特．利希特萊正一面拉扯身後的手推車，一面對著雨說話。

回到店裡，羅伯正坐在收銀台後面，把文件放進資料夾中。他為每個檔案項目建立了個別的資料夾，並標上不同顏色的字：支出，進帳，訂貨，退貨。羅伯熱愛那些色彩繽紛的資料夾。

「怎麼樣？」他問，「妳做了嗎？」

他臉上有種像孩子一樣的期待神色，而我真想往上一拳打過去。我對這個男人火冒三丈。這傢伙有著一雙小巧乾淨，但除了資料夾之外什麼都不碰的手，每天晚上毫無動靜、無用地擺在床單上。

「我……我想，」我才開口就失去了控制。「沒錯，我做了。而且我還要做更多！一個女人一生中該做的事還有很多，你也這樣認為吧？」

我三兩下從收銀台上抓起那些資料夾，衝出門外。此時的風勢更強勁了，把雨吹得橫掃街頭。我沒有把那些資料夾高高地朝空中扔或使盡所有的力氣往人行道上丟，只是讓它們從手中掉落。我看見羅伯筆跡的顏色，在那髒汙的灰水窪裡變得模糊；隔著雨水奔流的櫥窗玻璃，我能看見他以及他臉上驚駭的表情。

那天晚上睡覺時我們仍躺在彼此身邊，我能聽到他在黑暗中哭泣。

他一定是用雙手遮住了臉，然後對著手心啜泣。過去我常常希望能把哭泣的他抱在懷裡，我以為淚水會帶來超乎言語的理解。然而現在我對此除了厭惡，不再有任何感覺。躺在我床上的不是個男人，而是個用眼淚鼻涕把我剛洗乾淨的枕頭套弄髒的孩子。

出事的那天中午，店裡只有我們兩人單獨相處。陽光閃耀著穿過展示櫥窗，照射在那些已覆有一層薄塵的展示鞋款上。除了羅伯手上的筆在新資料夾裡寫字的沙沙聲外，一切靜悄悄。我坐在一張穿鞋用的矮凳上，為涼鞋貼上售價標籤。空氣中有皮革的味道，我從未如此清楚察覺過這個味道。室內的一切都充滿著皮革氣味，甚至連那死寂，聞起來都像皮革。羅伯在寫字，他的手動作從容且十分規律，表現出足以穿透一切的極端無聊與單調。我從矮凳上跳了起來。

「我們走吧！」我喊著，「離開這裡！到某個自由自在，能讓腦袋放鬆的地方去。」

「那店呢？」羅伯在收銀台後問。

「今天就打烊吧。」

我們開著車在鎮上轉了一會兒。這天陽光普照，天氣很暖，偶爾有片雲的影子飄過田野上。我打開車窗，呼吸著夏日的氣息，遠處保羅鎮休閒娛樂商場的圓頂在豔陽下閃閃發光。我突然生出一股對人群的渴望，渴望聽到人聲、歡笑還有音樂。

我們把車停在停車場，那是片巨大無比、光線亮得刺眼的水泥地，上面只零零落落地停了幾輛車。就在我下車快步走向陽光時，一種念頭突然一閃而過：我的人生，不過是一場混亂的意外。此刻我覺得輕鬆愉快，甚至想把腳上的鞋子踢開，在熱燙的水泥地上跳舞。

羅伯並不想一起來，他說他想待在車子裡等我。我不由得心中湧出一股怒氣，然而在看到他腿上那雙緊張的小手後，怒火又平息了下來。我捧住他的臉並親吻他的額頭，我已經很久沒有做過這樣的舉動。他的皮膚潤澤且溫暖，而我吻著他的樣子，就像在道別或安慰一個小孩。

走進商場時，我訝異於室內的涼爽，這和停車場上的炎熱形成不真實的對比。商場寬敞而明亮，大理石地板與牆面也光潔閃耀，從那高聳的玻璃圓頂上，落降下了一道光柱。在大片櫥窗玻璃後面，一個年輕的女售貨員正站著並向我這邊望。她看著我，而我繼續往前走，經過了有巨大棕櫚樹盆栽的餐廳、每張桌子上都擺有小陶瓷娃娃的咖啡店，也經過了閃爍著各種顏色的跳躍式噴泉、保齡球道、彩券攤，以及塞滿各式正在鈴鈴、嗶嗶與嗡嗡叫的遊戲機的賭博遊樂場。

一個男人走過我身邊。他的視線忽然朝向高處，然後站住了腳並把手搭在眼睛上。我看見他的肩膀緊縮，緊接著放下手並直往後退。他後退速度得很慢，一直朝著屋頂的方向看。不知為什麼，我並沒有追隨他的視線抬頭，我想我大概正想像著把這個男人抱在懷裡會是什麼感覺，也許幾乎就要這樣做了，但他突然轉身並跑了起來！然後我聽到了那個聲音，一種快速增強，嘶啞但尖銳的聲音，就好像空氣陷入了極速的來回振盪，然後製造出穿透一切的尖叫聲。我感覺腳下一股震動，看到地板移動，也看到那個男人踉踉蹌蹌地走著並跌倒，臉上充滿憤怒且不可置信的表情。他踉蹌，是因他前面的地板裂開了，他跌倒在地並用手抱住頭頂，手上滿是鮮血。同時我聽到了一個女人在尖叫，不過她的聲音很快就被空氣的嘶吼與那些假大理石的嘎吱破碎聲給吞沒。那些假大理石地板，現在就像爆裂且漂浮在流動水面上的冰塊一樣。從眼角餘光我看到有人半蹲著從我面前跑過，為了安全把夾克搭在頭頂上。如果那時候我跟在他身後跑，或許就能夠逃過一劫，但是基於某種莫名的原因，我釘在原地沒移開半步。現在我看到了那個女人，她躺在一堆從牆上掉落的石板碎塊旁，膝蓋蜷縮在胸前，臉轉向上方，嘴裡則說著我無法瞭解的話。我的視線隨之往上，看到那座玻璃圓頂，在一記悶響後爆裂粉碎。那個畫面，就彷彿天空在美得令人驚心動魄的瞬間爆裂開來，徹底敞開自我迎向光明。

但很奇怪，在那個片刻，當我抬頭望著閃耀光芒的玻璃細雨——玻璃碎片下一秒就會割碎我的臉——的那個瞬間，眼前彷彿出現一片幻影。那是羅伯，他坐在戶外停車場上的車子裡，而他放在腿上的那雙手，終其餘生都將一事無成。

羅伯．亞文紐

當她三更半夜悄悄地走下樓，只為了在鏡子前面搔首弄姿，覺得自己有幾分風騷法國女人的樣子時，我並沒有在床上裝睡。我會坐到敞開的窗戶邊，從那裡能俯看外面的街景，也能自由地呼吸。這時候四下寂靜，偶爾傳來汽車輪胎的轟鳴。夜空中隱約可見其他房子的屋頂輪廓，空氣聞起來則像潮濕發霉的老牆，特別是在第一場和暖的春雨之後。

小時候母親就常提醒我，永遠不要為任何事後悔。她的意思是後悔挽回不了什麼，只會折磨一個人的靈魂，是既無用且沒意義的事。母親說的當然有道理，只是我並不像她。我經常還在做一件事情時就後悔了，而這讓我的人生不怎麼好過。

第一次見到馬爾塔，是在市政廳廣場上。她和兩個同性朋友在那裡來來回回地逛著，一路笑聲不斷。我坐在一張長椅上，而她每次在經過我面前時，總會把頭扭向市政廳的方向，好像在看那邊的塔樓或時鐘或反正某個東西。當時她那長得不可思議的脖子，引起了我的注意。它又纖細又修長，令我為之瘋狂。然而我不知道該如何是好，只能繼續坐在椅子上，覺得自己又蠢又笨，但我也可能就是那樣。

後來我設法找到了她的住處，有天站在那裡等，一直等到她出門來。一開始她目不斜視地直接從我身邊走過，不過接著卻轉身問我：「你大概覺得自己特別膽大，是吧？」

「才不，」我說，「一點都不。」

「對你來說，事情可能怎樣都不夠快。」

「我不知道。」我盯著她的脖子回答。

「算了，人大概不可能什麼都知道。」她說，「不過至少可以努力一下，不是嗎？」

「沒錯，」我說，「當然可以。」

「那我們現在要做什麼呢？」

「不知道，」我說，「要不，就繞著這些房子散一下步？」

「真是個大膽的冒失鬼。」她說。然後我們就走了起來。

我們很快結了婚。在我向她求婚並幫她套上戒指時，她從頭到尾都盯著我看。眼神似乎要鑿穿我的眼睛，於是我疑惑了，戒指從手中掉落，滾到廚房那把長椅下面去。她大笑起來，而這一刻我突然有種不祥的預感，覺得這也許是一場天大誤會的開端。

她開口閉口都是愛情。但對我來說，愛情既不是上帝的祝福，也不是某種努力的結果，它只是許許多多詞彙中的一個。我對馬爾塔產生興趣，是因為我很寂寞，而且男人反正總得交女朋友；和她結婚，則是因為我希望有孩子。雖然還很年輕，但我的人生幾乎沒有其他願望。

我打定主意要親手做個搖籃，上面有能前後晃動的彎板，以及絲質布料做成的罩簾。我想像夜晚時在臥室的黑暗中，聽著小小孩發出聲響是什麼感覺。但馬爾塔說，我會在做搖籃時鋸斷自己的手指。她總認為我們兩個好像是同一根樹幹上岔開的連理枝，但完全不對，我們並非同根生，我甚至不確定我們吸的是不是同一種空氣。多年來，我們一起站在那些鞋架之間——上面擺滿了跟我半點關係都沒有的鞋子，睡在同一張床上，在同一張桌子上吃飯，視線總是穿過同一扇窗戶，然後看著同一條聯外道路。我們在同樣的空間裡度過了大半輩子，卻從未真正地碰觸過對方。

「我想要孩子，」我對馬爾塔說，「人得超越自己，開創未來。」

「讓我考慮一下，」她說，「這種事得深思熟慮。不過至少我們還有時間，是吧？」

她總是說這樣的話。一種好像應該要填滿我們之間的空虛，但事實上毫無意義的廢話。

然後她懷孕了。那是一個我們都沒辦法解釋清楚的奇蹟。

您最好坐一下，護士小姐說，可能還需要好一會兒。我搖搖頭並走向窗邊，窗外的樹下站著一個男人，正用拐杖撥弄著一堆落葉。一個小男孩跑過他身邊並笑著，男人停止了動作，只是站在那裡，一手拿著拐杖，一手插在褲袋裡，而他頭頂上的枝椏在風中擺盪著。突然間事情有了進展，她叫喊了起來，聲音聽起來很陌生。她的頭往後甩，手指則死命地扯拉著床墊。助產士雙手並用，肩膀一會兒高一會兒低地動著。現在趕快，她說，然後護士跑出了房間。妳做得很好，助產士說，做得非常好，就這樣繼續下去。噢老天，她呻吟著，噢老天，噢老天，噢老天。我摸著床單，或許我能……我才吐出這幾個字，然後不知該如何是好。她繼續呻吟，那是一種拉長的，時強時弱的哀號聲。我的手放在床單上，像塊木頭。護士又回來了，身邊跟著一位醫生。他不發一語，只讓護士幫他帶上手套，來到床邊。房裡突然熱了起來，醫生與助產士肩並肩沉默地工作著。助產士用拇指輕撫著她的臉頰，在她耳邊輕聲說些什麼。她觸摸我妻子的臉頰，彷彿那是理所當然的事，很可能正是如此。現在情況可能會讓人有點不舒服，醫生對我說，您不是非得待在這裡不可。我搜尋著她的視線，但她的眼睛閉著。快點，他邊說邊捲起衣袖，而護士則一把抓住我的肩膀，把我推出房間。這不是男人該待的地方，她說，除了醫生之外。她對我笑了笑，然後再度消失。等候區裡坐了一對年輕男女，他們雙手交握，目光看著我。我去了洗手間並在那裡洗了臉，看著鏡子裡的自己，感到羞愧。有某個瞬間，我無法相信鏡子裡的人是自己，於是離開了那裡。那對男女不見了，我坐下來，傾聽著病房裡傳出的聲響喊叫並等待著。裡面安靜了下來，很長的一段時間過去，彷彿什麼事都沒發生。終於房門打開了，助產士站在那裡。很抱歉，她說。但她其實沒有必要這麼說。過了一會兒，她把手放在我的手臂上問道：您想看一下寶寶嗎？是的，我說。寶寶躺在一個淺綠色的枕頭上，雙臂向兩側張開。他的臉是如此小巧，太陽穴的位置沾著某種黃色的黏液，眼睛則藏在很深的皺褶裡。我把枕頭舉起來掂了掂，比我所想像的要輕得多。接下來我看向她，有一小綹髮絲黏在她的臉頰，額頭上則有小塊陽光在舞動搖晃。她把頭轉向一邊，眼睛看著窗外。

我沒有責怪她，沒有逼迫她，也沒有憐憫她。而她自己似乎很快忘記了這件事。「昨日之夢有如黃花謝去，」有一次她這麼說，「但是每個夜晚都會帶來新的夢，這不是很棒嗎？」在聽到她這樣說時，我突然領悟了自己其實憎恨她的事實。我痛恨她的一切：她的聲音，她的臉，她的笑，其中最痛恨的，尤其是她的頸項，那又細又長、在諷刺漫畫裡才會出現的脖子。但我輕拂著她的髮絲說：「沒錯，那很棒，親愛的。」

她總認為我對於美缺乏理解。這就錯了，我所不能理解的，是她所認定的對美的理解。我雖然不懂詩，但在她讓我拜讀她所創作的詩作時，立刻知道那詩一無是處。那首詩描寫一個旅途中的女人，一個膽怯驚恐，穿著綴有亮片的洋裝與白色鞋子坐在火車裡，自覺暴露在某個陌生男子窺伺中的人物。整首詩讀下來缺乏節奏，既無靈魂又無音律感，只描繪了幾個既扭曲又浮誇的情景。火車包廂裡綴著亮片的洋裝！

在那些夜裡，當馬爾塔在樓下的鏡子前來回走著臺步時，我坐在窗邊並想像著，如果沒有她，一切會如何。我試著想像自己會去某個地方，盡可能愈遠愈好，去一個沒有通勤者疲憊的面容，沒有鞋架上的灰塵與皮革味，沒有顧客愚蠢的問題，沒有這個女人的——但卻不是我的——夢想的地方。我坐著並注視窗外的黑夜，直到聽見她上樓的腳步聲，才回到床上裝睡。

「我們走吧！」那天她這樣喊著，「離開這裡！」她從試穿鞋子的矮凳上跳起來，好像被什麼東西痛咬了一下。她滿臉通紅，因為這個念頭而激昂。我沒什麼好反對的，店裡的生意門可羅雀，說句老實話，它根本沒救了。

我們開車到那座新的娛樂商場，它的圓頂遠遠就在田野間閃閃發亮。

「我心裡有一股強烈的渴望，」她喊著，「我想被人群包圍！我要感受他們的溫暖，想聽見他們歡笑！」她對著停車場上的大片水泥地高喊，那裡停了幾輛車，在高溫下發燙發亮。

我說：「妳自己去吧，我沒興致。」

「你當然得一起來。」她說。

「不。」我回答。

她眼裡閃過某種憤怒的惡意，有一瞬間我以為她會賞我一記耳光。

「你還是我老公，對吧？」她問道。

「沒錯。」我說。

她點了點頭，踏開一步，但隨即又走回來。我心裡想著：是時候了。然而出乎意料的事情發生，她用雙手捧住我的臉，並親吻我的額頭。她的嘴唇觸感冰涼且乾燥，而我覺得自己像個白痴。她邁步離開，然後再度止步，有那麼一會兒她雙臂微揚站在陽光下，彷彿在與某個幻影說話，也彷彿她還是個小女孩，正準備要跳起舞來。隨後她就消失在商場入口的陰影中。

熱氣從敞開的窗戶外逼進了車裡。我坐在方向盤後，發動引擎，慢慢駛離。開到外面的公路時我加速，速度帶來的涼風令人舒暢，但它掃開一個我忘記在後座且裡面放了幾張紙的資料夾，那些紙被吹得在後座四散飛舞。我打開收音機。我不懂那些音樂，但她可很在行。從後視鏡中我看到那座玻璃圓頂消失在山巒起伏的地平線上，我不再想她。或許我想的是那條公路，它在眼前的地景中朝前伸展，也或許，我想的是那顫動著且摸起來有點黏膩的方向盤。不過我腦袋一片空白，根本什麼都沒想。

蘇菲・布萊爾

白痴。

哈利貝爾特・克勞斯

早晨。街道是濕的。水珠從樹上滴滴答答地掉落，樹下的空氣已有秋天的氣息。那光線，彷彿有人把它澆灌在屋頂上，此刻正從煙囪，從屋瓦以及從牆上往下流動，像黏稠的黃金。鴿子的咕噥與撲撲振翅聲，聽起來有點陌生。時間太早，思路還不怎麼清晰。不要多想，用力踩踏板吧，路途漫長！腿還有些僵硬。天氣很冷，腳踏車很重。這是鐵製的，它必須能負載得了一些重量。袋子滿滿的，到處是鋪石路面。一座古老的小鎮，老房子，老街道，為小鎮的景觀增色不少，對郵差卻很糟。用力踩踏板吧，很快它就會變輕一點，只有開始時比較辛苦。開始時和結束時。

從萊納街到湯馬士街，一天才算真正開始。窗戶上閃耀著陽光，而天空明亮到刺痛雙眼。越過凱納廣場，經過鎮上最老的那棵樹，它那中空了的樹幹，剛好能躲進三個孩子。鬱金香。青草。地上有洞。也許是一隻狐狸。此時牠在外面的田野裡，可能找不到什麼東西吃了。幼稚園。牆上畫得歪歪斜斜的動物。長頸鹿。大象。老虎。河馬斜眼看人。鞦韆的桿子上，晨露閃閃發光。草地上有頂帽子，像朵黃色的花。

卡羅琳納街。穀物街。橋街。每天該走的路線，就從三號開始。這條街沒有一號與二號，沒人知道為什麼。

哈勒太太會站在籬笆旁問：您的小朋友還好嗎？皺巴巴的臉，但總是非常友善，手則在晨袍上拉扯著。總是同一件晨袍，別無二件。你可以看見那顏色怎樣在這些年的歲月中褪去。從飽滿亮麗的豔紅，變成略顯蒼白的鮭魚紅。那醫生怎麼說？噢，當然沒人希望情況會是如此。但我們又能怎樣。她自己的孩子早都離巢了。離開大人的懷抱，離開這棟房子，離開所有的一切。事情就是這樣。不過您的孩子還小，這可真讓人難受。喔喔，您得繼續了？當然當然。祝您有美好的一天，明天見。

明天見！

橋街是整條路線中最棒的區段之一。這條街只住了老人，郵件很少。現在空氣溫暖了起來，街道在大太陽底下伸展，不久之前才剛新鋪的柏油路面，現在又已坑坑疤疤。深色的裂縫。凹洞。淺坑。小鎮沒有錢。沒人有錢，不過至少空氣中有咖啡香。還聞得到麵包、香腸、蜂蜜和可可。還有培根與油滋滋的荷包蛋。還有廁所的穢氣以及肥皂泡沫。穿過打開著的窗戶，經過晾著的衣服，這些房子吐出了夜晚殘餘的濁氣。而昨夜的夢，則被抖落在窗下的草地上。這句話是誰說的？你自己？難以置信。這條街的街尾，哈勒太太總會站在那裡，花園籬笆邊的一點鮭魚紅，揮著手。

你得避免與人交談，無論如何。別人的孤單寂寞，並非你的孤單寂寞。瓦爾特這麼說過。他在郵局工作了四十七年，只生過一次病。腎絞痛。躺了兩天，綁上束腹，喝薊草茶，繼續上工。後來他把那些投遞路線傳給年輕人，負責起將投遞區擴增為兩個，然後是四個的規畫工作。四個投遞區，四個投遞士，一個臨時雇員。如果你有問題，就去問瓦爾特。他很清楚這一行。如果他不知道，那問題也就不存在。不過有一天問題來了，這次是他的心臟。在回局裡的路上他摔了下來，在杜爾街七號，那棟放有旅遊資料小冊子的屋前。

接下來是雷柏街。葛艾納廣場。金色之月落在自己的影子裡，簡直就像吞掉了陽光。它前面的人行道邊有個酒杯，剩半杯酒及菸蒂。酒館裡還坐著三、四個人，後面則住了老板，就是不放棄這門生意。

從葛艾納廣場轉進半條巷。葛萊姆街。維爾納街。在舊地基上蓋新房子，像在壞掉的牙床上接新牙一樣。七號住家的牆上有盲窗。從沒見過有人在這裡進出，卻總有人寄信來，小巧的信封上，寫著淺藍色的字跡。它前面有座很大的工地，一部挖土機多年來都停在那裡，深陷爛泥，銹跡斑斑，怪手舉在半空中。沒有挖土機停工時會把怪手高舉，但這一部就是。九號門前有棵大櫻桃樹，幾乎看不到樹蔭下的魯道夫先生。他坐在那裡，長滿斑的手放在腿上，眼睛又紅又腫。這外面太美好了。新鮮的空氣，沒什麼好抱怨的啦。這棵樹啊，一個有殘缺的老傢伙了，但總能結出最多汁的果實。那櫻桃差不多是黑色的，而且裡面幾乎沒蟲！您想要一些嗎？籃子就在那邊。在那些蟲子下手前，可得把它們採完。會長大的東西，人是沒辦法佔有的，不是嗎？

然後是小孩子。他們蹲坐在屋裡。對窗簾外的世界感到驚奇。爬過草地。直起上身，扶著東西把自己撐高，滑倒，摔跤，尖叫，哀號，然後咯咯大笑。一而再再而三，反覆不斷。這點他們很在行。他們健健康，對自己的幸運一無所知。有時候是嬰兒車裡一張暗紅色的小臉。還有他們的腳，簡直令人難以置信的小巧。而那些大孩子，則四處站著抽菸。此刻回憶浮現：你也曾待過這裡，在那裡。在那道牆上。在綠籬背後。或在那座小公車站亭的椅子上。童年，初體驗之所在。繼續騎吧。

天氣變暖了。其實更該說是變熱了。不過還談不上難受。輕風拂面，那風遠遠地越過田野而來，帶著燃燒麥稈的氣味。又是一段回憶。把它趕走吧！我的孩子。別再想了。我的孩子。繼續騎。越過莫拉爾德路進入綠街，七封信，沒有廣告信函。轉過一個街角，終於來到市集街。生氣勃勃且總是川流不息的大動脈，陳列在市政廳的廣告文宣上是這樣寫的。小鎮的門面。或者心臟。反正是所有驕傲的總合。其實也不過就是一條街，頂多四百公尺長。貨車會車時，還得開上人行道才能閃過對方。不過有一點沒錯，這裡隨時有各種動靜。做男裝的師傅伊爾瑪茲，剛從他在對街的小店裡走出來，邊打呵欠邊伸懶腰，像半瞎了似地蹣跚走著，瘦到幾乎連陽光都映不出影子。伊爾瑪茲做褲子及西裝，泡土耳其茶。全世界最濃的茶，他邊說邊笑，連死人喝了都會站起來跳舞的茶！現在他晃進了對面的雷姆庫爾。那是廣場邊最老的房子，人行道上有露天座位，四塊五十分的午餐含飲料。伊爾瑪茲得留意別被一部車子或另一輛緊隨在後的腳踏車撞到，騎車的人是個老師。典型的老師。腳踏車鈴到底是幹什麼用的？他可能心不在焉吧。可能是個教數學的吧。滿腦袋都是數字，才剛中午就已經在回家的路上。不過另一方面，寧願是腳踏車也不要電車。這裡也計畫過要跑電車，不過後來不了了之。於此而言當然是謝天謝地。拜託，誰需要電車？在一個從北到南只要二十五分鐘，從西到東甚至連二十分鐘不到就能跑完的小鎮？甜點咖啡館裡沒半張空桌。到處都坐滿了老太太。最精緻的糕點，不過當然有礙健康。所有能為人帶來樂趣的東西，都有礙健康。人的一生，從一開始就是一場健康大冒險。不過對那些太太來說不要緊。她們坐在自己的蛋糕前，精心地梳妝打扮過，為了何人或何事沒人知道。她們的丈夫，大多早已經躺在荒園那邊。幾乎一個都不剩。現在這些太太在向自己的人生致敬。罩衫，小外套，絲質手巾，還有和小旅行箱一般大的手提袋。她們臉上塗抹著化妝品，銀色、藍色、紫色的頭髮吹得蓬鬆有型，上面還有各式帽子和頭巾，用不同的方式繫著，結著，別著，鈎著。在街道的另一邊，肉舖店的老闆布克斯特正要關門。血跡斑斑的圍裙，血跡斑斑的雙手，疲憊的臉。事實上是個壯得像頭牛的傢伙，不過肩膀早已不復往日那樣渾圓寬闊。才這個時段，他就把店門給關了。或許他不需要開店了，也可能是店裡沒肉，或沒生意了。人總會聽到一些風言風語。一位先生走出了黑山羊。手提公事包，西裝筆挺，頭上戴帽，在這樣的大熱天裡。他走進那邊的史坦茲麵包店，匆匆忙忙要了一杯咖啡，一個三明治麵包，裡面夾了奶油，香腸，切片的黃瓜及水煮蛋。那切得極薄的黃瓜混在蛋黃中，隱隱透著一點綠色。麵包店裡有香腸製品，過去根本沒這樣的事。戴帽子的先生喜歡這樣吃。不是黑山羊沒早餐可吃，就是他錯過早餐——或許他得在前廳那張嚴重磨損的沙發上處理業務，也或許他在房間裡看電視所以沒吃。而他現在得趕緊上路。開著車或搭公車，把三明治麵包放在大腿上，吃得到處掉滿蛋屑。泰斯勒五金行裡傳出轟隆隆及砰砰砰的重擊聲。左鄰右舍大可盡情抱怨，只不過無論是到警察局去舉發或向市政廳投訴，都是白費力氣。因為老泰斯勒和他的女兒，都是地方議會的成員。那轟隆隆及砰砰聲總在下午持續著，據說是因為金屬板。但這麼多金屬板的用途是？對面的維特曼小酒莊裡，或許聽不到這噪音。他們有好酒。來自西班牙。每一杯酒都對著你閃耀著陽光，即使在冬天，維特曼太太如是說。就此而言，她自己本身一點都不陽光。一張臉蒼白有如石灰。街道空間利用的執照申請了無數次，然而市政廳對這點很是堅持，賣咖啡或啤酒可以，葡萄酒不行。Salamaleikum！願你平安！他們是這樣問候的，對吧？那個蔬果店老板，是真正的保羅鎮鎮民。你得承認這點。問候每個路過的人，給郵差小費。他的蔬菜總是很新鮮，像畫的一樣完美。在派出所旁有些動靜，一個警察走出來環顧著四周，兩手撐在腰臀上。以前是個好勇鬥狠的傢伙，現在是警察。他走進蘇菲．布萊爾斯的小雜貨店裡，拿了**保羅鎮傳訊報**，還有給小孩吃的口香糖。

沒有付錢。而布萊爾斯太太只是笑笑。回到派出所裡，還是無事可做。偶爾或許有鬥毆事件，白吃白喝者很稀罕。有過一次疑似謀殺案，但後來確定只是毆打致死。不久前有個郵筒被燒了。投遞口的蓋子被撬開，牆壁被燻黑，一直黑到屋頂下面。除此之外就沒有其他事件了。保羅鎮天下太平。人也終究會在某個時候永遠「太平」。最近才剛又發生一件。那個老肯恩太太，赫姆街五號，藍色大門，只有孫子會來信的老太太，就這樣坐在沙發椅上走了，腿上還放著一盤酸黃瓜。那個掉進沼澤坑裡的孩子也是如此。這種事你無能為力。人一旦想著死亡，就已經開始死去。聽，安靜下來了！泰斯勒那邊現在午休，人們坐下來吃飯，而金屬板可以冷卻一下。市政廳的屋頂上，已經有燕子在盤旋。為什麼花店是關著的？店門上甚至連塊牌子都沒掛。今天沒花可買。那就把廣告信從門縫下塞進去。手指感覺到一絲從門下灌出的涼風。格雷戈里娜。這名字本身，就已經顯示著獨特。你會試著去想像花店老闆的樣子，她的形體，她的頭髮，她的面貌。能留存在記憶中的，只有臉。然而事實並非如此。一切都會蕩然無存。連自己的臉也一樣。也許正因是自己的才留不住。

到美酒巷時，一切又都安靜了。這條巷子太窄，連陽光都找不到路進來。此刻疲倦感來襲，深呼吸，坐下來，在九號屋前的階梯上。包包的側袋裡有保溫瓶，冬天裝的是熱茶，夏天是果汁。還有任何時候都帶著的餅乾。已經有隻鴿子聞風小步疾走而來。石頭階梯涼涼的，彌漫在空氣中的味道，像地下室的塵埃與舊時光。不要想。不要想家。不要想到樓上的那個房間，那窗簾，那床鋪，那被子和枕頭。不要想到那張似乎一直萎縮的小臉，全無血色，比被子、枕頭及洗過疊放在一邊的床巾都還要更蒼白。不要想到那雙小手，輕盈得彷彿是紙做成的。現在停止！給鴿子一塊餅乾，然後繼續上路。只剩四條街。但是愈近終點，路就愈漫長。膝蓋刺痛著，肩膀好像有什麼地方卡住了。這會好起來的，醫生這麼說，但他其實並不知道。醫生根本什麼都不知道。也或許他們什麼都知道，這麼說只是想安慰你，而這是最糟糕的事。還有四條街。三條街。兩條街。腳用力蹬吧，跟你疲憊不堪的影子打個賭吧。不過這不是重點。你該帶點東西回去，這才是重點。每天都帶點什麼，就一些小東西。一張紙條。一顆石頭。一塊巧克力。懷希瑟街的那棵蘋果樹下，有輛停在雙腳架上的腳踏車，手伸高點，再伸高一點，那顆蘋果就掛在那裡。它正合我意，又大又紅，果皮上還帶一點斑綠。它必須得完好無缺。不能有碰傷。繼續騎，就剩最後幾家了。最後幾封郵件。前面就是終點，這條街的三十四號。那棟裂縫裡長著青苔，有一座塑膠水池的黑色木屋。池子裡有四隻頭戴著褪色皇冠的青蛙，而水早就乾掉好幾年了。最後一封信。陽光穿過綠籬閃耀著。還有些時間。而且回家的路，只有下坡。

海德・弗利德蘭

如果我沒記錯的話，一共是六十七個。多一個或少一個其實無所謂。不過那個帶著掃把的男人不算。那男人不管到哪，身邊總帶著兩根掃把。在金色之月裡，他會把它們靠在吧台邊，倘若多喝了幾杯——這情形倒相當頻繁——他就會開始對著它們說話。他管它們叫查理和塔夫，有時還會用手指輕撫它們的刷毛。這個男人不算。

最後一個是退休的聯邦警察，他會逗留在保羅鎮，是因為得處理一些他死去的妹妹的事。下午，他會在雷姆庫爾那裡點三明治麵包來吃。他留了一道灰白的鬍髭，上面總掛些麵包屑。我們之間的風流韻事，持續了不到一星期，然後他處理完妹妹的事。他離開後我們還通過幾次信，而我所收到的最後一封信，是他女兒寄來的：我想通知您，我們最親愛的父親……他必定會希望……您也至少是……等等等。在那之後，就再也沒有消息了。

其實在二十年前，我就曾經和一個鬍髭男有過一段情——他在黑山羊留宿了幾天，之後要前往海外。至少他是這樣宣稱的。每天早上他都要攬鏡自照半小時，對著自己的鬍子又摸又扯。而那鬍髭大得驚人，在他說話時還會隨之上下抖動，那畫面看起來，就好像某種生物盤據在他的鼻子下方。不過我會很高興再見到他，他有一雙美腿。

然後是個畫畫的老師，他在某次上課時突然變得有點奇怪，先用油畫顏料往自己的額頭上橫畫一筆，接下來就朝窗外跳。我們的教室在二樓，雖然他只摔斷了兩條腿，但腦子大概也連帶有事了。離開保羅鎮時，他就像是個在白色馬車上大吼大叫的國王。

然後是烈納德，一個浪漫主義者。會在床上撒玫瑰花瓣，對著我的眼睛我的額頭我的等等等讚美歌頌。他有一顆大光頭，每天都得細心地刮著，先用帶著香氣的乳液輕拍，再用一塊小海棉擦拭磨娑，直到整顆頭像粉紅色氣球一樣光滑閃亮。

跟赫曼在一起時，我們會到田裡去。他說他喜歡玉米田裡那種沙沙作響的聲音，不過我覺得事情另有蹊蹺。在回小鎮的路上，他總哼著同一段旋律，到底是哪一首曲子，我從來就沒能找到答案。有好幾次我問他，不過他說自己也不知道。

遇見羅蘭時是冬天。他在街上奔跑時幾乎撞倒了我。之後他站在原地，眼睛垂望地面，眉毛上則掛了幾片雪花。我不知道他的眼睛是否曾與我對望過，反正我記不得他眼睛的顏色。其實在我的記憶中，他幾乎沒留下任何痕跡，除了名字和他眼睛上方那些斗大的微微顫動著的雪花。我想，我用指尖把他眉毛上的雪花輕輕拍掉了，而這是他的不幸。

不過其他絕大部分都發生在夏天。我喜歡他們流汗的樣子，我也喜歡聞汗水的味道。在某些溫暖的夏夜裡，一切顯得無比輕鬆自在，你可以大肆敞開窗戶，置身在小鎮的喧囂中瘋狂一回。

我不喜歡冰冷的腳丫子。亨利的就奇冷無比。他比大部分的人都更留心，卻怎樣都無法讓那冰冷的雙腳暖起來。碰觸到他的腳趾頭，就像無意中被一陣颳過冰洋的寒風給掃中，你的軀體、整張床及整個房間，你窗前的樺樹、樹上的飛禽及天空的雲朵，都能瞬間凍結成鏗鏘作響的脆弱冰柱。

然後是漢斯，他對我而言太老了。至少我不會想要再約他了。漢斯總讓我覺得似曾相識，我不知道像誰，但發誓絕不是我老爹。而且他也讓我覺得有點難受。當他坐在床邊，兩條細瘦如骨的腿，腳指甲則有些發黃龜裂。他的背上有又長又白的毛髮，他問過我三次那白毛會不會讓我不舒服，第三次時我老實說了會。

長得最俊美的就是弗德瑞克。他漂亮到我第一次見到他的時候，幾乎無法相信自己的眼睛。他的眼睛大而深邃，但當他看一個人時，表情卻像是在看一面鏡子。我從沒見過他笑，一次也沒有。他的心毒已深，後來連肝臟也是。我認為讓他完蛋的不是酒精。是他身上的毒，令他走向毀滅。

跟拉爾夫的那段，持續了將近兩年。他並不是一個真正的男人，更確切的說，不是一般人們理解中的男人。這很合我心意。他缺乏男子氣概，給了我某種奇怪的安全感。同時他還是個律師。講得更精確一點：他是鎮上最厲害的律師。在家裡他躺在我身邊，把那張像老鼠般瘦長的臉藏在我的臂彎，並為自己感到羞愧。他說，他對自己純粹只為五斗米而折腰的所作所為感到羞愧。那股羞愧感，不知何時就像一團迷霧般潛伏在體內，並從那時候起，緩慢但持續地腐蝕著他的心。他是這麼說的。不過在外面可就不一樣了。被他送進法院的人數以百計，不管他們是不是罪有應得。在法庭裡，他們全聽憑他掌控，當他站在那裡露齒而笑，看起來像個銳不可當的巨人。

齊格蒙本來是想當畫家的。他用掉的顏料量多到不可思議，卻連一張畫都不曾賣掉過。他曾送給我一幅水彩畫，上面畫了什麼我完全看不出來。這幅畫有很長的一段時間，都靠在我走廊的衣帽櫃上，不知何時不見的。

克勞斯身上有股很難聞的味道。我相信他的胃一定有問題。傍晚，有時候他會從自己的書裡選一本讀給我聽。如果他坐在壁爐旁的沙發上，而我待在桌子邊，那味道就還能忍受。

跟希爾瑪在一起時我想要訂婚。認真的。但他拒絕去買戒指，於是接下來我就讓他吃閉門羹。後來他跟甜點咖啡館裡那些花枝招展的女侍之一打得火熱，還在三星期後結了婚。多年來，這兩人總是一起小步疾走在鎮上，就像兩隻悲傷的小鳥。我想，他死得比她早。

庫爾特是個愛作夢的人。他有公牛般厚實的肌肉，以及總是髒兮兮的指甲。但他的眼眸似乎能映出整片天空，也許即使連他躺在那些車子下面時也一樣（那確實是他最常待的地方）。

保羅也是個不錯的男人。喝醉時他總說是他把沼澤的水排乾，順帶拯救了小鎮。我送給他一張照片，上面是孩提時代的我，只有黑白兩色，紮著辮子且一臉嚴肅。

我的第一個男人十七歲，比我大了兩歲。他身上所有的一切，聞起來都像墨水。他寫著既沒韻腳也沒表達出什麼涵義的詩，並且認為那是一種文字的雕刻作品。後來他到市政廳裡工作去了。他負責暖氣設備，有時會坐在門房裡。

列尼，哈根，維弗利得，老維爾那，小維爾那，赫爾穆特，湯姆，魯道夫，克里斯提昂一世，克里斯提昂二世，克里斯提昂三世，那園丁，那醫生，那小伙子，那個帶著包包的傢伙，那個軟趴趴像麵糰一樣的傢伙，那個沒有人見過的傢伙。令人驚奇的是，他們常常這個後腳還沒走，下一個前腳就要跨進來。其實我能給他們的並不多。我從來不是特別漂亮，不過基本上男人並不在意女人的外表。他們想要自我感覺良好，如此而已。

他們其中一個拯救了我。而我忘記了他的名字，不管我怎麼努力，就是沒辦法再想起。他拯救了我，因為他離我而去。

約納坦對信仰很虔誠。一開始他總滔滔不絕地說著上帝，然後我告訴他我的看法，耳根才終於得到清靜。事實上，我暗地裡是羨慕他的。他去上教堂，而當他回來時，整張臉看起來好像還沐浴在那鑲嵌玻璃窗的彩光中。在神父一把火把一切燒個精光後，約納坦動也不動，在我的床上躺了三天之久。之後他起身離去，而那也是我們關係的盡頭。

歐斯瓦德的手臂長而有力，對此他不知如何是好。它們在他的身體兩側晃來晃去，就好像被縫在肩膀上一樣。手臂很重要，它們不必非得強壯有力，可是必須得能抱住妳。妳可能躺在一個男人的臂彎裡，卻感到全然的孤寂。他緊緊地圈住你且自覺無比美好，因為他內心溫暖有如火爐。但是這股暖意卻沒有一絲一毫向外散發傳達給妳，妳全身上下不斷地向內蜷縮成一團，直到變成了一尊藏在他臂彎裡又冷又硬的大理石像。然後有天來了一個人，他把妳抱在懷裡，而那樣的碰觸喚醒了妳的某種記憶——一種令人彷彿置身夏日田野的暖意。大部分男人的臂彎，對妳毫無意義。而在某些男人的臂彎裡，妳會想要定居。

在那些男人裡，有一個聞起來帶著木頭燃燒的味道。有一個是在跪下來向我求婚時扭傷了膝蓋。還有一個嘴裡總吹著《La Paloma》（鴿子）這首歌的曲調。有一個幾乎爬不上樓梯的胖子，即使之後躺在地毯上好一會兒，都還氣喘吁吁。那裡面有愛德華，有四個叫馬丁的，有海納以及海納的老爸，還有傑哈德與布克哈特，弗利茲，以及那個養了一隻只有三條腿的狗的傢伙。那個人與狗彼此憎恨。我猜男人在狗還小時打斷了牠的一條腿，而狗後來咬傷過男人的手臂。據說他倆最後相伴葬在同一個墳裡。我一輩子遇到相當多的瘋子，不知怎麼的我就是會招引他們來。我母親有次說過，每塊田都會藏幾顆怪形怪狀的甜菜根，不過它們嚐起來都是一個味道。

你不是瘋子。你連半瘋的狀態都不曾有過。你既不英俊也不風趣，甚至連有點起眼都算不上。你是一切**正常**。我從來都沒弄懂，你怎麼會出現在我的人生裡。你說，來吧，我請妳吃冰淇淋。當時春天還沒到來。

在那之後我們去了你那裡。其實也沒什麼特別的，你的衣櫃裡掛了十件淺藍色的襯衫。我不知道我們為什麼又碰了面，也不知道到底從何時開始，一切都不一樣了。你是什麼時候，第一次說了那句話？我又是什麼時候，第一次聽見這句話？是從哪一刻開始，我費盡心思想要打動你？好吧，或許那純粹是出於寂寞。也或許是因為你的臂彎。這點我無法完全確定。你知道答案嗎？如果你知道，把答案放在心裡。答應我，把它放在自己心裡！

法蘭茲・史陶拜

一間房子。四個樓層。四十八個階梯。一張腳踏墊上寫著：**歡迎回家**。一張帶著節孔木紋的桌子。兩部電視機（其中一部是黑白的）。一幅有大海、雲朵和漁船的圖畫，另一幅則是野花。二十二個資料夾。一個裝了三百張照片（大約）的盒子。九扇窗戶，沒掛窗簾。三支天線。一幅鳥類骨骼標本。一處可以眺望遠方的視野。零下六度的氣溫，而暖氣再次故障了。一只淺藍色的杯子。四條細如煙絲的裂紋。一大堆碎片。二百五十平方公尺大的花園。八十平方公尺的水泥地。三輛車。六種保險。沒有給付。十二次醫院就診。十七個親戚。三個女人。一種愛。一個不認識我的兒子。六十八歲又三個月。一次在戶政處的登錄。一個名字。兩個——

卡爾・約納斯

「就要下雨了。」我們抬頭望著那一大片向這裡移動的烏雲。它的影子落在父親的臉上、屋子上還有這片土地。我曾經以為這個地方永不會變，一切都屬於我們。那時我才五歲或六歲大。我們繼續無聲工作。父親領著拉犁的一對馬，較年長的用耙子和鋤頭把馬鈴薯從土裡翻出來，小孩則和女人一隊，把馬鈴薯撿進籃子裡。大家汗流浹背，特別是那兩匹馬。潮濕悶熱的空氣窒息地壓在田野上，然後開始下雨。我們跑向屋子，我拉著母親的手邊跑邊笑，因為那豆大且溫熱的雨滴，劈哩啪啦地迎面打在頭上。而當我回頭看時，父親還站在田裡。他的手握韁繩，臉朝向天空，讓雨水順著兩頰滑落。

晚一點時，他在桌上大發雷霆。咒罵這場雨，也咒罵我們的土地。他說這塊地簡直一無是處，土會把水吸進去，高興時再吐出來。它沒有一點穩固性，不過是一大團沙子做成的海棉，裡面摻雜著只能讓蚊蠅下蛋的泥沼坑。父親氣得一拳砸在桌面上，然後沉默了下來。我們也跟著沉默。屋外黑夜裡的田野間，雨還在淅淅瀝瀝地下著。

我們四個家庭合力開墾這塊土地。固土、排水，修築渠道，安置涵管。這座城鎮是建立在我們的土地之上，我們的名字，比這裡的任何一棟房屋或任何一塊鋪在地上的磚石都還老。每年春天，當土壤裡的水位再次升高，地下室又淹起水來時，總會連帶從地底擠出幾根舊骨頭來。媽媽是這樣認為的，在保羅鎮下面，骨頭比石頭還多。

某幾年的夏天，你完全不會注意到水的問題。它似乎滲透到地底下永遠消失了。風在田野裡颳起沙塵，而我們的臉上，那些牲畜的背上，還有所有機器的金屬板面上，全覆滿塵土。不時有面面相覷對視發笑的孩童，他們用手指在彼此滿是塵埃的臉上亂畫鬼符，樂不可支，捧腹大笑。

但那些水還會再出現了。只消下幾小時的雨，就足以把它從我們腳下的這團海綿裡擠出來。雲會消散，但那些爛泥巴卻會留下來。於是人得在髒兮兮的泥濘中跋涉，靴子因沾黏泥巴而沉重，頸背上黑蚊在嗡嗡作響。馬鈴薯也會黏上泥巴，它們的重量因此變成平常的兩倍，價值卻連一半都不到。

這些地一無是處，但它是我們所擁有的全部。

我們的父母變老然後死去，兄弟姊妹則一個接一個遠走高飛。最後一個兄弟在離開時對我說：「你還留在這裡做什麼？在那些黑蚊子吃掉你之前，跟我走吧！」

我心想：你要是走了，我就有更多的地。這麼做會划算的，總有一天，一切都會划算的。我付清對他們持分的補償，並在道別時祝他們一切順利。現在我是農夫了，而且在必要時可以非常固執。我不厭其煩地到銀行走動，不得到自己想要的東西絕不罷休。我購置機器，雇用短期工。把老舊的渠道填平，鋪設新的排水設施。然後拓建了我們的房子，加蓋了兩間車庫，一個大型筒倉，以及一大棟可以養五百隻小火雞的鐵皮雞舍。我也買了一套深藍色的西裝，參加了在黑山羊辦的跳舞茶會，並在那裡找到一個老婆。她雖然沒辦法工作，但我們一起有過五個孩子，且保住了其中的三個。但曾幾何時，他們也都離開了。如果一切順利的話，他們應該都還活著。

「或許還能搞出點什麼名堂。」我對太太說。

「是的，」她說。「一定可以。」

但是她其實不相信這句話。而她是對的。排水系統確實發揮了一段時間的功能，然而後來一切又都泡在水中了。我們涉水走過深及腳踝的水鄉澤國，所有馬鈴薯都浸死在其中。不過也會有幾個這樣的星期，一切又乾又渴，土地龜裂，到處都迸開了邊緣銳利的裂縫。沒有水可以拯救這些田地，半滴也沒有。在這裡，時間有飛蚊期與灰塵期之分。

有時田中央會突然出現一個洞，它能在一夜之間注滿水，然後隔天卻消失無蹤。

養小火雞這件事出師不利。牠們得了傳染病，在注射過疫苗並把打完針的火雞趕到雞舍的另一頭時，作為區隔的矮牆突然垮了，我們也因此亂套，結果只能把全部的火雞再注射一次。牠們後來全死了，我想罪魁禍首不是雞瘟，而是疫苗。那段時間，日子可真不好過。

接下來我老婆離開了我。事情就是這麼簡單。我老婆走了，而我表現得彷彿無關緊要，說不定事實正是如此。現在我獨自一人在這裡，跟我的田，我的手，還有一大棟空空蕩蕩、在夜晚的風裡會唱歌的鐵皮屋。

沒關係，我還好。我坐在門前看風颳著，然後生出一種感覺，所有的一切，在我身上合而為一。我就是我的父親，我的祖父，我也是他們的父親的父親的父親。我是這一大串人當中的最後一個與第一個，在我腳下的土地裡，那些根正在鬆動。但沒關係，我還好。

我只是疲倦了。

一切都成了過往雲煙。沒人有那樣大的氣力，讓九十公頃大，滿是黏土和碎石的巨大海綿開出遍地繁花。現在真正要緊的，就是把門窗關緊，別讓蚊蠅飛進屋來。

他們在一個炎熱的夏天上午來到我家。鎮長和兩個西裝筆挺的先生。我不知道那兩個人是何方神聖，反正就是兩個穿著灰色西裝的男人，像大太陽下的馬一樣汗如雨下。我遠遠看見那輛一路顛簸而來的黑色大車，當車子停下來時，擋風玻璃上映著晴空亮麗的藍色。我們走進屋裡並在桌旁坐下，然後鎮長開口問道：「我們認識多久啦？」

「據我所知，我們完全不認識。」我說。

「一定有三十年了。至少。真夠久了，不是嗎？」

我注視著桌布上的圖案，上面全是細小且彼此交疊的長方形。其他人好像也都仔細地看了這條桌布。我沒有倒給他們任何飲料，不是禮數不周，純粹只因為家裡沒有乾淨杯子了。鎮長清了清喉嚨，上身向我靠近了一些，他額頭上黏了幾綹髮絲，彷彿剛在雨中走過。

「讓我們像男人一樣的對話吧，約納斯，」他說，「我們不是來你這裡享受美好天氣的，因為天氣一點也不好。我說的對吧？」

「這得看情況，」我說。「全依你想怎麼看待它。」

「我們也不是來這裡陪你聊天跟你作伴的。身為鎮長，或許有時候的確得這麼做，但問題在於沒時間啊，你瞭解的。時間總是不知不覺就溜走了，而且經常在你意識到這點之前，一天就結束了。你還有多少時間啊，約納斯？」

「你就開門見山吧，鎮長，你想要什麼？」

他把背往後靠，用手拭了一下額頭上的汗然後說：「我想買你的土地。」

「如果我是你，我會放棄這個念頭，」我說。「那塊地一無是處。」

「對我們而言，那塊地很好，」鎮長說。「大小適中，離小鎮夠近，而且一條馬路貫穿其中。」

「哪一條路？那裡沒有路。」

「會有一條路的。」

我的確不認識鎮長。我只聽說過他，我老婆就曾提到過他。她覺得鎮長應該跟他老爸一模一樣：虛榮，腐敗，貪婪，而且好女色。或許她說的對，不過這些在我而言完全無所謂。看他現在這樣坐在我廚房的桌邊流著汗，我倒有點莫名地喜歡他。我想著，或許在某個櫃子裡，其實還有幾個乾淨杯子，而我也該請他們喝點什麼。

「我們不想為你帶來任何麻煩，」鎮長說。「我們只想買你的地，如此而已。」

我起身拿了杯子和一壺水，他們把它全喝光了。「一萬。」我開口說。

他們坐在那裡，身著西裝，伸著因領帶磨擦而紅得像火雞一樣的脖子瞪視著我。

「那一整塊地嗎？」鎮長問。

「是的，」我說。「那是不毛之地，根本只有泥沼坑。」

「是的，或許是如此。」鎮長說。

「然而有時候一切又會反過來，土地變得又乾又硬，就像被風打磨過的磚頭。」

「真是糟透了。」鎮長說。

「所以，」我繼續說，「那塊地我賣一萬。」

「同意。」鎮長答道。

「然後那棟養火雞的雞舍五十萬。」

「什麼？」

「雞舍的售價是五十萬。」

「你以為自己很聰明，是吧？」

「不，我認為自己笨死了。我只學過怎樣把馬鈴薯從土裡挖出來，其他就一竅不通了。不過事情的重點在於：你們基於什麼原因想要我的地。我不知道原因，但是它們顯然夠重要，以至於你們得在大熱天，穿著漆革皮鞋，繫上領帶，到我這裡來。這塊地或許一無是處，但它屬於我。」

「你還有水嗎？」鎮長問道。於是我又倒了一壺來，而他們又把它喝光了。

「這水喝起來怎麼有點怪？」鎮長說。我沒再說任何話。接下來他用盡各種方法，先是想說服我，接著惱羞成怒，試圖威脅我，然後又想動之以情。但我沒再說任何話。於是他放棄了，我們握手成交，而一切就如該來的那樣來了。

前往小鎮的路上，我不曾回看。我用這筆錢，在餘暉老人宅第裡買了終生的居住權。那是划算的，因為我在那裡居住的時間超過十五年。我的房間很小而且貼著黃色的壁紙，那上面有種幾乎看不見的圖案，材質則是一種漿挺的紙料，當我的手指輕拂過牆面時，感覺很好。我不太喜歡出門，對我而言鎮上太吵，路也太滑了。我待在房間裡，就只坐在那裡。我喜歡小一點的房間，我已經一輩子都在眺望遼闊的遠方。我很少想到過往，也很少想到外面的世界。當我聽到那件不幸事故的消息時，忍不住冷笑。我為那三個葬身在瓦礫中的人感到遺憾，但是關於那塊地，我可都據實以告了。那塊地一無是處。

白天一切安好，但夜晚讓我精疲力盡，我在黑暗中毫無睡意。有一次我甚至害怕了起來。一種聲音把我給吵醒了，我覺得房裡似乎不再只有我獨自一人。我確定自己聽到黑暗中另一個人的呼吸聲，於是從床上爬了起來，坐到窗邊的椅子上，不過沒有拉開窗簾。房間又安靜了下來，我把頭和手臂都靠在窗台上。就這樣坐了好一會兒並聆聽著，身體裡有些什麼東西開始碎裂。我從椅子上滑了下去，像一團乾掉的泥塊，四散崩解。

蘇珊・泰斯勒

「將馬鈴薯切丁，洋蔥切碎，放進熱鍋裡，用奶油與幾小撮麵粉炒成帶金黃的褐色，」韓莉葉特說著。「但是要選耐煮的馬鈴薯，而且一定要切丁。」她用肯定的語氣加了一句。

「等一下，」我發問。「為什麼一定得切丁？」

「這樣比較好看。」她說。

「只因為好看？」

「就因為好看。」

韓莉葉特其實是個愛發牢騷又自以為是的小老太婆，她那容易失控動怒並陷入惡劣情緒的傾向，因身體孱弱而沒辦法全面施展。不過她對此另有高見。她形容自己是個業餘的狂熱分子，而她的確能根據自己的心理狀態，從每一件事物中挖掘出一些美好的部分。即使是在駐院醫師的候診室裡——我們曾在那裡面並肩而坐，度過許多時光——她都能夠從那一度或許曾是淺綠但如今已黯然失色的壁紙上，推敲琢磨出潛藏的美。「您看到上面那葡萄樹的鬚莖了嗎？」我們頭一次見面時，她這樣問我。「那叫鬚莖嗎？還是叫藤蔓？」

「既非鬚莖也非藤蔓，」我回答。「只是天花板有了裂紋。這裡也該趕緊翻新一下了。」

「啊，我知道了！您看那上上下下，那波浪狀的起伏了嗎？」她激動地喊著，「這當然是鬚莖啦，毫無疑問。您尊姓大名？」

「泰斯勒，」我說。「蘇珊．泰斯勒。」

「我叫韓莉葉特。只有名字。我把我的姓氏丟掉了，隨著時間，人會丟棄一切。我們要不要握個手？」

我們差不多是同一時間到療養院來的。我想我可能先到，那時是春天，我窗前的小公園裡，正盛開著金鏈花和丁香。我的房間明亮寬敞（現在一定還是如此），有面向花園的視野和一座法式陽台，不過那陽台我只用來在晚上存放避開護士小姐耳目偷渡進來的巧克力糖。這間療養院允許房客攜帶自己的家具及家飾用品，不過我什麼都沒從家裡帶來。這裡備有的標準家具，對我而言已完全足夠：衣櫃，書架，床頭櫃，桌子，兩張椅子，一張床。那張床是金屬做的，是一種可以用腳踏板任意升降高度並可朝不同方向傾斜的設備。靠近床尾的床條板，只要一動就嘎吱嘎吱響，不過還好床墊夠軟。我自己有一座立燈，一小張鋪在床前的地毯，以及兩個白瓷花瓶。我總會特意在桌上擺兩顆蘋果或一些堅果，這些東西我從來不吃，但我喜歡看著它們，有時候我會把它們朝窗外丟去，看它們滾過那片草皮，然後躺在樹下的陰影裡，直到被某個園丁清走。

我什麼都不缺。老實說，我很高興把以前的事物都留在保羅鎮的家裡，它們可能還得在那滿是塵埃的寂靜中，保持原狀好一陣子。對我而言，身外之物早已失去了它的意義。韓莉葉特說，那是「我們生命中的破爛」。

在我們於候診室裡第一次聊起來之前，我就經常看見她。她的身形瘦小得有點不尋常，總是穿得非常優雅，長長的銀髮在腦後梳成一個她自稱是雪球的髻。她身上的一切，不知怎麼的都有點變形和歪斜：她的背，她的腿，她的鼻和她的手。她的臉佈滿細紋，在她低胸上衣的上方，那有著細緻軟骨的胸骨正上方，有道至少十五公分長且狀似馬蹄的疤痕。

在交誼廳裡，她總坐在同一個角落。她喝著暗紅色的茶，腿上永遠放著一本打開的書，雖然所有的人都知道，她的老眼早已昏花，幾乎無法區分不同臉孔的差別。我想起了剛與她認識時，某次碰面中一個臨時起意的惡作劇：當然，我曾聽過韓莉葉特視力很糟（只要與房客的健康狀況或弱點有關，在療養院裡就不是祕密），卻還是（或許正因如此）

問了她腿上那本書的內容講什麼。讓我大吃一驚的是，她把整本書的故事從頭到尾說了一次，說一個野心勃勃的科學家以及他在酷熱沙漠中的探險。她雖然語氣急迫，卻也精準地描述了細節，一路把故事說到那戲劇性的結尾。在那之後茶都涼了，為此我還真想賞她一巴掌。

「也是腫瘤嗎？」有一次她問我。

「肝臟，」我回答。「現在連腎臟都有。」

「我的是長在腦袋裡，」她說。「所有不健康的東西，都是從腦袋開始的。妳是哪裡人？」

「保羅鎮。」我說。

「哪裡？」

「我來自保羅鎮。」我重複了一次。

「噢我的老天，」她一面說，一面挑起一邊修得很精緻的眉毛。「真的嗎？」

她的傲慢使我惱怒，因為我喜歡保羅鎮。

那是我度過童年與青少年時期的地方，這句話我也對她說了。她的手輕輕一揮闔上了書，然後用那小小的半盲的眼睛注視著我。「我知道自己有時候是個笨蛋，」她說，「既愚蠢又自以為是。但我是不會道歉的，這你肯定能理解吧，親愛的？」

又瘦又小的韓莉葉特，最後幾乎處於一種要從人眼前消失的狀態。她露在裙子下面的脛骨，細瘦得彷彿兩根木條；放在書背上的手，佈滿青筋；那張暗沉多斑紋的臉，則縮得幾乎要比她後腦勺的雪球還要小；還有那抖動著，總是有點紅腫的眼皮。她的視線，似乎每天都在朝眼窩的更深處退縮。

「保羅鎮，保羅鎮……」有一次她叨唸著，看起來像陷入了深思。

「是不是當時曾發生過很糟糕事情的那個地方嗎？」

「是的，」我回答。「很可怕。」

「有人想在那裡蓋一條電車線，但是居民反對，沒錯吧？」

「什麼？」

「那些笨蛋就愛唱反調！」

「是的。可能吧。這件事我記不清了。」

我們沉默了一會兒。突然間她猛地動了一下，在沙發椅上坐直了身。

「想像一下吧，」她說。「電車！有軌道，叮噹作響，還有它所帶來的一切！」

「是啊，」我說，「真的很可怕！」

因為一則流言，交誼廳和走道上的人都在交頭接耳：韓莉葉特是猶太人。有個護士聽到了她睡夢中的囈語，那其實比較像是一種模糊的咿咿呀呀，完全聽不清楚，中間還夾雜了她用僅剩的幾顆牙齒磨出的嘎吱聲。但護士卻很肯定，自己聽到了幾句希伯來語。我沒有去跟那些閒言閒語的人湊熱鬧，當然，我也可以直接去問韓莉葉特，但我不敢。更何況事情會因此而有所改變嗎？

直到今天我才知道，那個野心勃勃的沙漠科學家的故事，其實是她當場杜撰出來的。她就是有這樣的天分。你從來分不清她所說的話哪些是真，哪些是假。但她的口才如此之好，令人心甘情願地聽她說話。在療養院的那些女房客之間，存在某種誰能在下午時坐到她身邊的競爭。而我通常是那個動作最快的，訣竅在於：在她踏進交誼廳前，提早在那裡恭候。於是我們會坐在彼此身邊，她說著她的故事，我則專心傾聽。過程中，有時候我們會一起瞌睡，她的打呼聲會潛入我的夢鄉，變成陌生港口裡船隻馬達的啪答啪答聲，變成森林地面裂開時上上下下的震動聲，變成我父親的打鼾聲，低而粗厲，在某幢早已廢棄的住所的黑暗裡。

「我永遠不會把外面那些令人費解的事，稱做是神的安排。如果哪天我這樣說了，一定是藥物作用。了解嗎？」

我們對自己的過去談的並不多。最必要的資料，沒幾下就報告完了：住在哪裡，工作性質，老公（死了），小孩（沒生），生活模式以及信念（變化無常）。就是這些事。我想我們都覺得對自己的過去已經交待完畢，過去不過是由褪色的照片、名字及日期所組成，而你無法重新賦予它們生命。

我們寧願活在當下。談論著療養院裡的其他房客，聊著那些護士小姐和醫生，也聊著廚房的工作人員，屋簷排水槽上的鴿子，或花園裡卵石鋪成的小徑。有時我們會向彼此敘說自己的夢境，不過最愛談的話題還是吃。韓莉葉特愛吃口味偏重且口感紮實的粗食，我則比較喜歡烹煮精緻的麵粉類食物，像我從以前食譜書上所學到的那些。她也想聽聽這類麵粉食物的食譜上中究竟寫了些什麼，因此我得對她鉅細靡遺地描繪裡面的圖片，並盡可能完整地背出食譜，而這當然是不可能的事。於是我也學會捏造內容，我說：「妳需要二百八十克的奶油，一百四十克的糖粉，兩到三個蛋黃，一把磨過的杏仁（像小孩的手能握滿的那麼多），一些檸檬皮，兩百克麵粉，然後當然還有果醬（最好是醋栗醬）。妳必須把奶油和糖粉以及蛋黃一起用力攪拌，切記，說用力就是用力，否則不會成功，了解嗎？至少必須使勁地攪拌二十分鐘，然後把磨過的杏仁和磨過的檸檬皮撒進去，繼續攪拌。接下來加入麵粉，並再次用力攪拌幾分鐘。現在把四分之一的麵糰放進蛋糕模中（烘焙紙上不必再抹油，麵糰裡的奶油已經夠油了），把果醬塗抹在上面，然後再用錐形擠花袋，將剩餘的麵糰平均擠上，構成格子的形狀。不過當然了，妳也可以考慮做其它圖案，反正蛋糕的味道並不會因此有所不同。別忘了用剩餘的麵糰裝飾一下蛋糕邊緣，接著整個推進烤箱，以一百八十度的溫度，烤四十到四十五分鐘。完成後小心地讓蛋糕從模子中分離出來，並在表層撒上糖粉。」

「還要更多糖？」問的時候她眼睛是閉上的。

「沒錯，」我說，「不過一定得用糖粉。而且要拿篩子來篩，妳一定要用廚房篩子不可。」

「啊哈，」她說，「是那種網格很細的廚房篩子？」

「用妳能找得到最細的篩子！」

就這樣，夏天過去了。我們共度了許多美好的時光，但我卻感到悲傷。更明確的說，彷彿只能透過悲傷的面紗，來回憶整個人生。悲傷是我僅剩的一切，但或許這還不是最糟的。有很長的一段時間，我都試著告訴自己，人不會死去，只會離開這個世界。死亡只不過是一個詞彙。但這並不正確。

十月初，韓莉葉特的身體已經虛弱到沒辦法再到交誼廳來，於是換成我到她的房間裡，與她共度午後。她的房間比我的還更空蕩，甚至連桌子都沒有，椅子也只有一把。角落裡有只行李箱，韓莉葉特說裡面有信件和幾本書，那是唯一不管任何旅程都可以被接受的行李。她的上半身借助一個輔助靠墊半躺在床上，一個嬌小的壞脾氣的女王。畫面看起來，就像她隨時都會從床上消失。不過她還能夠笑，而且吃得下她的長棍麵包了——用那顫巍巍的手指捏著，浸泡在床頭櫃上的牛奶杯裡。我們讓人拿報紙來，我讀給她聽。她不時咒罵著世上所發生的一切，那斥責是如此憤怒與響亮，總會引得護士咚咚咚地跑來提醒我們安靜一點。

「那我該怎麼辦啊，見鬼了，我也有我的脾氣！」韓莉葉特喊著，氣得直發抖。

她喜歡挑釁護士。當她哪裡痛了或純粹因心情很糟，在護士踏進房門的那一刻，她就會用最粗鄙的話來咒罵她們。不過私底下她其實是喜歡那些年輕女人的，她們在我們這些老幽靈之間打轉，彷彿態度果敢的天使。心情好時，她甚至會恭維她們，讚歎她們的身材、光滑的皮膚或清澈明亮的眼睛。那些護士也喜歡她，不僅僅是因為她不管在任何情況下都會給小費。我們每一個人都有錢，或多或少（我的錢是從金屬板的裁切及壓模中賺來的，韓莉葉特的，則來自於她所說「三段婚姻與許多的忍耐」），但她的情況有點不同。她身上就是有種特別的東西……我對我的母親沒有記憶，在我還是個小女孩時她就死了，但我後來想像，她就和韓莉葉特一樣。

「噓，安靜！妳沒看見外面那些雲嗎？它們好像看起來只是安靜且緩慢地在移動。不過其實它們在天空中狂奔，一路呼嘯，翻騰，轟隆作響著。那些樹已經注意到了，正向它們行禮致敬。」

秋天的腳步不停歇，韓莉葉特失去了所有氣力。他們拿走了輔助靠墊，現在她只有被看護抱著才能離開床。大部分的時間她都側躺著，眼睛有時是閉著，有時則望向窗戶，而窗外十一月的寒風，正掃過樹上最後的秋葉。她幾乎看不見了，可是她自己覺得，在靜謐的夜裡還可以聽到樹葉掉落的聲音。我們仍喜歡在一起說說笑笑，不過我不敢確定，什麼時候會是最後一次見面。

他們把她的衣服全移到浴室隔壁的置物間，現在她只穿著絲質睡袍。睡袍在月光下發著微光，彷彿由光潔明亮的冰所織成。

她身上接了一個會發出輕微嗶嗶聲的裝置，藥物劑量也提高了。她幾乎一直在睡覺，睡夢中有時會發出呻吟或呼吸困難的急喘。她的聲音聽起來完全走樣且陌生，像個喊啞了嗓子的小孩。

我不知道是從哪裡得到力量，能在她床邊守護這麼久。我有一種待在她身邊，時間就會靜止的感覺。房裡沒有時鐘，而我也很久不戴手表了。直到此刻我才猛然發覺，待在療養院的這段時間裡，我一次都沒看過鐘表。時間彷彿變得無關緊要。而另一方面，若想純粹以分鐘、小時或天來掌握時光，它又太珍貴了。

有時我會握著她的手，那瘦削枯槁滿是皺紋的手。有時候我會用手指滑過她的髮絲，護士梳開了那些糾結，讓她長長的頭髮散在枕上。

一次她醒來並抬頭，用清晰的聲音問我，「你是誰？」我盯著她，這問題令我驚愕。

「我也不知道。」我回答。

她把頭垂下，又睡著了。說不定她根本沒有醒過。我回到自己的房間，躺在床上哭了大半夜。

韓莉葉特在我來到這裡九十三天之後死去，比我早走了二十六天。有六十七天，她是我的朋友。一生中最好的朋友。

在她生命的最後幾天，某個晚上，我坐在她身邊。傍晚時，醫生們已經決定要提高藥物的劑量。每個人此生都得受點罪，那個主治醫生說，但是不必要的罪並非一定得受。你幾乎聽不到她在呼吸，不過還算平穩，我望向窗外，那些光禿禿的樹挺立在夜空中。窗台上放著她打開的手提袋，旁邊則等距排列著袋裡的東西，好像有人試著幫她整理一樣。一條口紅，一小盒金色的粉餅，信紙，零錢包，指甲剪，以及一個形狀細長有些磨損的皮製文件夾。韓莉葉特輕輕發出呼吸困難的聲音，突然間，我心裡湧上一股憤怒。我氣這個矮小且形容枯槁的女人，我陪伴在她病榻旁許多時日，但她卻避開了我，只賞給我一陣呼吸困難的喘息。

不過那股怒氣來得快去得也快。她的呼吸又平靜規律了起來。老了之後不變得可笑的唯一可能，就是承認自己是可笑的，有一次她這麼說。我站起身走到窗邊，在那個文件皮夾上認出了她名字的縮寫：H.L.。打開文件夾，裡面有一些紙，她的病歷文件，一些證明書，以及幾張零星的便條。最底下是她的護照，裡面的頁面蓋滿花花綠綠的印章。韓莉葉特似乎一輩子都在旅行。照片中的她還是個年輕女子，當時的她也並非美女，不過頭髮是黑色的，長度及肩，微抬著下巴看向照相機。一條寬大的深色領巾，覆蓋住了低胸上衣及疤痕。照片下方則是個人資料：全名，出生地，國籍，特徵等常見的項目。我的視線停留在出生日期上，不由得呆住了，眼裡瞬間湧進了淚水。一陣暈眩襲來，我得使勁扶住窗台，才能穩住身體繼續站著。韓莉葉特比我還年輕四歲。

我轉頭看著她，她躺在那張閃耀著月光的床上，身體好似被雪給覆蓋了。我看不出她有任何呼吸起伏的動作，所有她身上的一切，彷彿都已凍結——除了她的雙眼。在我把她的東西重新收回袋裡，打開窗戶好讓夜晚的空氣流動進來時，那對眼珠在眼皮底下滾動，似乎即使看不見，也在追隨著我的一舉一動。

彼得．利希特萊

轟的一聲我開始跑。一旦我開始跑，你就沒辦法攔住我。任何人都不可能。我又高又壯，而且我清楚狀況。我很清楚自己要往哪裡去，穿過走道，跨過階梯，越過中庭，奔過大門，到這裡我還算是用跑的，可是只要到了街上，我就是一陣風。我不在乎街上的塵土，不在乎那些狗，我也不在乎滿街的車輛、鴿子，和那些擋住天空，看起來好像一直在長高的房屋。我知道路上有人，但是我沒看見他們，他們也沒看見我，而且很快地路上就沒人。等到身後的那些房子，看起來像是被敲碎成小塊的碎石頭後，我就會放慢速度。然後讓自己跌進草叢，背貼地平躺，讓地球的心臟在我身下跳動。

緩和過來後，我會站起身，現在我可以用走的，而且不必頻頻回頭張望。剩下的路沒那麼遠了，經過籬笆，跨過那根以前我還爬得進去的舊排水管，再穿過那片灌木叢和會割人的蘆葦，就可以看見那些樹和池塘。奇怪的是：雖然我知道外面的世界，萬物有榮有枯，有開花有死亡，但這裡的一切看起來卻跟往昔一般分毫不差。

這座池塘是我的朋友。只不過沒有人知道，我不希望任何人知道。這是一個祕密，我也是個祕密。最好沒有人認識我。周遭土壤顏色深暗，又軟又濕，但我有個訣竅：折幾捆蘆葦，把它們散鋪在地上。這就是我的床。

媽媽禁止我到池塘邊去，但是我可不會這麼聽話。我常來。這裡沒有人會打擾我，我可以坐著、看著想著——也可以不看或不想著——什麼，隨心所欲。媽媽沒辦法理解這點。

我媽媽很漂亮，有一張大臉與一雙大手。有一次她在浴缸裡剖一隻野兔，兔的血暗黑，雖然我總忍不住想到牠的眼睛，但牠的肉嚐起來真不錯。媽媽很喜歡聊吃的話題，所以我也會附和她，因為我知道她喜歡。

我們會在桌邊聊著麵包，說「你可以用一把刀把外皮烤焦的部分刮掉」以及「裡面的口感細緻的不得了」。我們也聊肉食，說「那些肉都曾經是某種動物身上的一部分」以及「它永遠不會成為我們身體的一部分」。如果我們不聊吃的時候，她也會說些別的事。

我媽會說：

你那雙手又做了什麼啦？

現在該睡了。

窗台邊坐著三個天使。第一個天使的口袋裡裝著「睡覺」，第二個裝著「快樂」。至於第三個，負責照顧其他兩個。

站到那邊去。

給我停住。

不要生我的氣。

親愛的上帝根本沒那麼仁慈，而魔鬼吹滅了星光。

學校。馬鈴薯。那個男人。

就是這麼一回事。

池塘的水，墨黑得有如野兔血。而這是它最棒的地方。它又黑又深又平靜。我知道那水有多深，它深到足以吞沒太陽。這裡也有蟾蜍，媽媽說蟾蜍能帶來幸運，但是我想她不懂。人在飢餓時，就連蟾蜍也能吃下肚，不過我從來沒那個膽子去試。我只會偶爾抓一隻，然後把牠丟進水裡。蟾蜍有黃色的眼睛，人們以為晚上的星星會倒映在水裡，但我知道，池塘裡那些小小的黃色亮光，不過是蟾蜍的眼睛。

我是一隻蟾蜍。我有黃色的眼睛，黏乎乎的舌頭，以及一個滿是疙瘩的黑黑的背。只有我的肚子必須特別留意，它又白又細，人用根小棍子往上一戳，我就會肚破腸流，生命一點一滴地流失。蒼蠅喜歡這些流失的生命。

蟾蜍在冬天很是難熬。天寒地凍，而樹木就像學校大門上的那些鐵欄杆，又細又禿又漆黑。夏天時情況比較好，我張嘴吸進陽光，到處都在嚶嚶及嗡嗡作響，蒼蠅、蜜蜂或小蟲子都是我的食物，而且我不必替自己挖洞——冬天時我得又冷又僵地蹲在那裡面，等待天氣回暖解凍。

我不喜歡那道大門，不喜歡那個中庭，也不喜歡那些長椅。那座大鐘。那響亮的與低沉的聲音。那些叫嚷喧鬧，那些竊竊私語。我全都不喜歡，我最不喜歡的是那些老師。他們有著灰暗的臉孔以及灰暗的手——用來指著與我無關的東西。老師可以告訴我他們想要什麼，但要不要照著做得看我的心情。或者我從一開始就不想去聽，我會想一些不讓自己心煩的事來堵住耳朵。

有次一個老師朝我的臉啪的地賞了一巴掌。他實在不應該這麼做。為什麼他不立刻移開自己的手？或許他想要撫去我挨了他那一巴掌的痛，可是那一點都不痛。而他就把手放在我的臉頰上，並拿眼睛看著我。

於是我一口咬住了他，怎樣都不鬆口。其實我想鬆口，只是做不到。我的牙齒間發出了嘎吱嘎吱的聲音，他的血嚐起來雖然是甜的，卻不知怎麼也帶點鹹味。我知道他大聲叫喊，但我聽不聲音。有人用某種工具或我不知道是什麼的東西，壓住我的下顎，硬是把我扯開了。一直要到再晚點，當一切都已過去，而我獨自躺在池塘邊時，才對老師覺得有點抱歉。可是他為什麼要打我？他不該這麼做的。最起碼應該趕快收手。

別人是別人，而我就是我。別人說得多，但理解得少。我並不認為我就理解得比較多，但至少不會聒噪不停。我最愛說話的時候，是當我獨自一人時。

在家裡情況會好些。因為我可以窩在自己的角落，天馬行空地幻想。我胡思亂想，卻記不住想了些什麼。奇怪的是，它們在我的腦袋裡，而我同時也置身在它們之中。夢中情景歷歷在目，可是當媽媽喊著我時，它們就消失了。從我之後愉快的感覺來看，那必定是些美好的東西。

媽媽要上班。她在一座大廠房裡，負責把金屬板放到那些有如屋頂一樣高的貨架上。她有一架很高的梯子，我也一直想爬到這麼高的梯子上去看看，但是媽媽不准。許多事情她都不准我做，因為她怕我會出什麼事。有一次她把我關在工具間裡，只因為出於對我安全上的恐懼。不過這沒什麼，我對黑暗很熟悉。小工具間裡的黑暗溫暖，而且門縫會透光。我平躺在地板上，恣意讓想像奔馳，直到那扇門再度打開。我媽在門邊號啕大哭，模樣比平常更漂亮，像是教堂玻璃花窗上的聖徒。不過她大聲哭叫，而這很糟糕。怎麼了，媽媽，我問，妳是怎麼了？但她什麼都沒說，只是不停大哭。她把我抱在懷裡，和我一起坐在廚房的地板上。我們坐了很久，地磚涼涼的，我看到了一片殘餘的破蜘蛛網，掛在廚櫃下微微顫動著。

一切順利收場。

我想要看冬天的蟾蜍。蟾蜍在冬天活著，但也不算真正活著。我想像牠全身上下，四肢、肚子和腦袋都凍住了，眼睛變成冷冰冰的黃色石頭。我也想像牠動脈裡的血結成冰，於是牠每動一下，全身就會喀啦嘎吱地響。但夏天就不一樣了，夏天的蟾蜍生氣勃勃，身體又柔軟又結實。我抓牠們時總是握住腿部，這樣牠們會倒掛著扭動身體或蜷縮起來。我不會對你怎樣的，我說，你可以放心待著。蟾蜍什麼都沒說。於是我注視著牠，以在空中畫出弧形的高角度，把牠扔回池塘裡，而牠啪一聲之後就不見了。

我逆風狂奔。田野裡一片金黃，路邊有蝴蝶在飛舞。我奔跑著，我的肺彷彿燒灼著，我想到了媽媽。她還不知道這件事，因為我自己也不明白。她是我媽媽，我是一隻蟾蜍。這風吹起來真好，我感覺不到自己的臉，我跑著，一直跑著。兩旁的樹木向天空探出高枝，而我已經聞得到池塘的味道。那潭水又黑又平靜，我躺在那用蘆葦鋪成的床上等著。我要等到太陽下山，等到身邊那些嗡嗡唧唧叫的聲音全都停歇。夜晚會降臨，但我並不害怕。我想起那些我記不住的事物，站起來脫掉身上的衣物。我把它們整齊地排在一起，不想讓媽媽看了生不必要的氣。月亮高掛在樹梢，我走進水裡，看見蒼白的腳丫在水面下隱隱發光。一直往前走，水非常輕柔，但腳趾間的爛泥感覺有點奇怪。我停下來站著聆聽，然後讓自己直直向前撲進水裡。我不覺得冷，如果潛得夠深，我就能在水底找到太陽。

安娜莉・婁貝爾

活成了最老的人，不是成就也不算贏家。在一百零五歲時翹辮子，跟在八十五歲或三十二歲時死沒什麼兩樣，而且活了這麼久的代價，只有寂寞。死亡對任何人都一視同仁，只有那些站在墳邊的人，還不知道這點。我以前經常得站在墳邊，那從來都不是美好的經驗，頂多春天時——如果你跟亡者沒有深交，而四周繁花盛開，鳥兒啁啾鳴唱——有時候我會幻想那些樹上的鳥是亡者的靈魂，這個想法還滿詩意的，不過當然既無聊又荒唐。

我過一百歲生日時，鎮長送了一張證書及一束鮮花。證書上寫了些什麼，我不知道。而那場在花園裡進行的典禮中，我是唯一獲准坐下的人。這樣的特權，這麼說吧，提升了我的地位。至於音樂，我不記得了。以前總會有個小樂隊的，頒發證書沒有樂隊，還真是破天荒。不過曾幾何時，音樂早已失去它的地位和價值了。我故鄉的人，總是用唱而不是用說的。這麼做是很美好，但交談時總這樣哼哼唱唱，彷彿想唱掉生活中的現實，也讓我有點抓狂。

不過這麼做還是很美好。

我的一百零五歲生日，就沒有人來了。其實連我自己都不算真正「在場」，因為一切對我而言都已有如在夢中。虛幻感讓我承受得起沉重的靈魂，也讓我能忍受疼痛。

生日對我來說早已經無足輕重，我只希望能體驗死亡。畢竟我一直那麼好奇。

現在我知道死是什麼情況了。但我什麼不會說，描述死亡是一種禁忌。真相存在於死亡之中，而天機不可洩露。我當然也可以說謊，但並不想這麼做。反正沒有任何人來接我，我就這樣從生命裡「掉」了出來。

人是怎樣掉入生命裡，同樣也會再掉出來。某個地方有個缺口，而你得找到它；或者你在黑暗中四處摸索，直到掉出那個缺口為止。不管是這樣或那樣，都行得通。

一開始我是個孩子，然後是個女人，最後又變成了孩子。剩下中間的過程，全都不記得了。反正我是個漂亮的女人，有幾分優雅。男人的視線總盯在我的屁股上，追著我跑。有些女人也是。而我更留意那些女人。她們更有趣，雖然男人的味道聞起來更好——像動物一樣，不過此刻我說不出是哪一種。

我們養過一隻金絲雀。牠的名字我不記得了，但好像跟某位部長的名字一樣。有天早上籠子開著，牠就不見了，或許牠是想逃出去找一片樹林。幾天之後，我們發現牠躺在窗簾後面，小巧、僵硬而且一直都是綠色的。我對媽媽說：看，牠像動物一樣有爪子！顯然直到那時，我都不知道牠是一種動物。

在童年到女人之間的那段時光，是戰爭。在我房間的五斗櫃裡，保存了一小塊炸彈碎片。那是他們截掉爸爸的腿之前，從腿裡面拿出來的，我哀求爸爸把那塊碎片給我，並把它放在一個小盒子裡。現在妳把戰爭最後的殘餘關在碉堡裡了，爸爸說。

他的臉我也不記得了。我腦子裡那個應該儲存爸爸面孔的位置，現在只剩一片虛無。一團陰影。或一片亮白。沒有臉。

爸爸也有個老故事，這點我倒還知道。不過我只記得那道長滿荊棘的樹籬，偶爾在我幹出什麼好事時，會趴到裡面躲著。但之後我總會被人拖出來，光著身體又帶著被刺劃出的血痕，像個小耶穌似的。我懷疑耶穌是不是也曾像我一樣哭叫，這對他應該是一種賞賜。人在受苦時唯一能得到的東西，就是眼淚。

雖然媽媽陪在我身邊的時間比較久，可是關於她，我記得的也所剩無幾了。她的身體很溫暖，像新鮮的麵糰一樣，至少這點我還記得。而且她愛蒐集廚房刀具，這些全收在那個五斗櫃裡，就在裝砲彈碎片的小盒子、擦碗盤的餐巾布以及一個小小的蠟製聖徒像旁邊。我想那個小蠟像是聖喬治。他以基督之名殺掉了龍，因此配得上那些廚房裡的刀。

我沒有孩子，這點從來沒讓我懊悔。當然如果能夠從自己身上為將來孕育出些什麼，我很好奇那是什麼感覺。不過這樣的事並沒有發生——雖然那些男人對我很好。而這點總讓我驚奇，因為我對男人並沒有好臉色。我不了解他們，我沒有真正了解過任何人，甚至連對自己也是。一開始我太年輕，然後太驕傲，到最後我則太老了。人一旦變老，雖然會偶爾頓悟些什麼，但也沒有什麼用了。

對我而言男人並非必需品。雖然有時候我會有戀愛的感覺，不過對市政廳屋頂上的金色風雞，或對飛舞在田間小徑上的蝴蝶，我也曾有過這些感覺。那些蝴蝶對我的必要性，遠大於所有的男人加在一起，而且牠們還是對抗悲傷的最佳良方。只有極少數的男人是挑戰，大多數的男人都是莽撞。他們沒辦法再長大與感受悲傷。

不過我認識過一個悲傷的男人，僅有的一個。他身材高大，有著男人該有的突出膝蓋。他也載了一副眼鏡，上面的鏡片約莫有冰塊那麼厚。有一次我把他的那眼睛拿來戴上，然後幾乎半瞎地摔倒在他面前。後來他告訴我，當時他的心，幾乎因為那強烈的愛意而爆炸。他說不定是我的真命天子，但在我還沒領悟到這點之前，他就英年早逝離我而去。

人活到某個年紀之後，會覺得人生再也沒有什麼值得留戀的了。然而這是一種誤解。只要活著，就會有值得去做的事。

不過總的來說，變老這件事是一種不幸。唯一的好處，是你會變得輕盈一點。人身上最沉重的部位，就是腦袋裡所裝的思緒，而這會逐漸消失無蹤。許多還會自行刪除——其實根本是全部。

我的童年記憶幾乎全不見了。但還留下一些關於那些記憶的記憶，它們是美好的。至少沒帶來不愉快的感受。

我的母親，你把我趕到哪裡去了？

我的父親，你要把我拉到哪裡去？

這是一首歌嗎？

我當然希望能夠自己賺錢。不過我是個女人。而這不是什麼值得高興嚮往的事。身為女人，妳始終得戴著一副由化妝品與驕傲塗成的面具，它沉重到足以完全壓制著妳。那化妝品和驕傲壓著我的肩胛骨，直到它們從背上突出來，就像被剪短的翅膀。

而我其實想像燕子那樣，唧一聲輕巧地掠過田野。或者至少能像蝴蝶一般翩翩飛舞。牠們在春天時，簡直像瘋了似地活躍飛舞。那畫面美好得幾乎讓人要信起神來。不過也就僅只於此了。蝴蝶的美麗不需要神蹟，它真真實實地存在著。

我的優雅並非與生俱來。在還是個年輕女孩時，我就會穿著媽媽的舞鞋，在鏡子前來回練習走路。我的身材比較高大豐腴，還有點笨手笨腳，那鞋子小了兩號。我走去又走回，走去又走回——這和葛麗泰．嘉寶（Greta Garbo）或泰雅．寶布里柯娃（Thea Bobrikova）天生的優雅，完全兩碼子事。我的優雅是辛苦練出來的，不過對保羅鎮而言已綽綽有餘。

有時候我幾乎想開口禱告了。幫助我吧，親愛的上帝，像這樣說。但我總是忍住了。我從未跟祂說過話，即使在最急迫的困境中。在那種情況下，我不會抱過度的希望。

在還是小女孩時，人簡直是被拖進教堂的，沒有任何反駁的餘地與理由。這種感覺糟透了。關於下跪，我覺得是一種沒道理的強人所難，不僅是因為那種屈辱感，還因為長襪上沾到的髒汙。告解時我會捏造一些故事，情節是如此淒美也如此敗德，與其在神父冷淡的耳邊低聲傾訴，我真該把它們寫下來拿去賣錢。我當然不是真正的有罪之人，在現實中，我的罪是以此為樂。反正這對上帝而言無所謂，因為祂並不存在。如果有上帝，祂在人間不需要代理人。這世上所有存在的東西，都與人類有關。而上帝是非人類的，因此祂並不存在。從這樣自我說服後，我跟祂之間就相安無事了。一生當中，我從不曾對上帝有過恐懼。我的恐懼來源於另一件事。

多麼奇怪，我比所有我認識的人都活得久，而那些我沒有比他們活得更久的人，全都不認識。現在我連這件事算不算可悲，都拿不定主意了。我想我失去了幽默感。

事情會隨著時間消失無蹤，這就是遺忘。在一百零五年的歲月裡，我遺忘了許多事。不過現在我知道，沒有任何東西真正不見。它們只是像舊圖片一樣，有些被收在某個角落，有些被蓋住，有些則被重新塗上別的顏色。我就曾經在無數令人憎惡的舊圖片上，重新塗過顏色。那場火災與空襲。那些嘲諷與寂寞。那些哭濕的枕頭。那許許多多扭曲的臉孔。最後還有自己慢慢趨向衰老的面容的轉變。我把這一切都美化了，不過卻於事無補。

當我還很年輕的時候，有個男人曾對我說：安妮，妳如此美麗，我真想對所有的人不斷歌頌妳的美，但是恕我詞窮，妳的美我只能保留給自己。這些話毫無疑問太過大膽放肆，我告訴他我不喜歡他，他最好盡快離開我的視線範圍。於是後來他在鎮郊往自己頭上開了一槍，即使是自戕，他也幹得很蠢。那一槍打中的不是主動脈而是視神經，所以他的兩眼從此全瞎了。不過後來有一個護士愛上了他，之後還為他生了四個小孩。其中至少有一個，總會扶著他的手臂引領他在小鎮裡走動。我們沒有再打過招呼，但我相信，他是我認識的人裡面最快樂的一個。

我對愛一無所知，對於生命，我也只知道有生命才能活著。不過對死亡我現在至少有點概念了：死亡終結了渴望，而且如果你泰然處之，它一點都不痛。

愛。戰爭。上帝。父親。母親。孩子。樹籬和祕密。花兒與白色恐懼。那尖銳的。那明亮的。雪。閃電和湯鍋。再笑三次，就結束了。太陽。船隻。小鳥。死。

當生命走到將盡之時，就難免發生許多尊嚴掃地的事。絕大部分都是。那些打針注射及居家照護，那些該吞的藥丸與支撐護具，那所有為了維繫最後一口氣的手忙腳亂，還有那每走一步，後背就朝兩側鬆開的病人服。鬆垮的光屁股，就像謊言被拆穿一樣有失尊嚴。沒有了尊嚴，人就什麼都不是。所以只要還做得到，人就該在這方面自己努力一點。不過一旦日薄西山，尊嚴對人來說，就像是種恩賜。它存在於別人看你的眼神裡。

這瞬間我記起了某個句子。沒弄錯的話，那是我自己想出來的。這個句子即便不能永垂不朽，也至少值得這一刻。你不能奢求更多了。

最初我是人，此刻我是世界。

哈尼斯・迪克森

在霍貝格神父興之所至，放火燒掉他的主的寓所那一天，我為這則頭條新聞下了這樣的標題：教堂在燃燒，但上帝不死！這在我寫過的標題中不算絕妙，但也夠好了。當時我還相信真相，相信人只要夠義憤填膺，就能夠扭轉乾坤，令事情變好。後來我有點失去這樣的信念了，世界一直在轉變，真相始終隱藏在現實背後，而我的義憤，則削弱成一種半點不覺得難受的聽天由命。

在我頭上二・五公尺半的位置，立了一塊市政廳能找到的最便宜的石灰墓碑，上面刻了：哈尼斯・迪克森，保羅鎮鎮民及編年史作家，安息在此。這完全是一派胡言。一個編年史作家，是個把事件依發生順序記錄下來的家裡蹲，而鎮民卻得繳納稅金。這兩件次事我可都從來沒做過。

我是個記者。說得更明白一點，我是保羅鎮唯一的一份報紙——保羅鎮傳訊報——的記者、編輯、排字工、印刷工兼出版者。

在父親上了戰場五年多——我連他的面容聲音都記不得——代替他回來的是一封以官方印刷字體打出來的信。信裡面寫的，是告知他依照保衛祖國之未來及偉大的宣誓完成了軍人的義務，並對於無可取代的損失寄予深切誠摯的同情。而我躲在放煤炭的地下室樓梯後面，寫下我人生的第一封信。那是寫給死去的父親的信，而我從沒打算把它寄出去。又能往哪裡寄呢？我把那封信放進一個信封裡，埋在我們花園那叢醋栗下面，然後走到田裡去，躺在一條溝畦中，哭到自覺與背底下的土塊一樣乾枯與脆弱。那是個炎熱的夏天，那一年我十四歲。

我的母親一定注意到醋栗叢下的小土堆了。總之她發現了那封信，而且在從頭到尾把它讀好幾遍之後——這是她後來告訴我的——把我叫到廚房去。她坐在凳子上打量著我，看我的眼神有些不同了。對我而言她的眼神裡既有無盡的悲傷，也有一些能夠鼓舞我的力量。這讓我以一種奇怪的方式，覺得自己既高大又強壯，雖然我也為這樣的感覺而羞愧。母親雙手環抱在胸前，有好一會兒廚房裡陷入寂靜，然後她忽然說：「你是我所能想像，最棒的孩子。」

我嚇了一跳，盯著她。她把手放在大腿上，「現在你不是孩子了，」她說。「或許還不算男人，但你已經不是孩子了。你是我的兒子，比我曾經認為的更聰明。你能思考，能看得見簾子後面的東西。你有機會，好好把握它。答應我，好好把握你的機會！」

後來我得知母親在戰後把那封信印了兩份副本，分別寄給一家跨區報社的讀者投書專欄，以及保羅鎮市政廳「轉交到我們親愛的鎮長先生本人手上」。雖然給鎮長的那一封石沉大海，報社卻把信刊登了出來。母親把那一張報紙框起來掛在客廳牆上，直到她死，都是她驕傲的象徵，也是我永遠的警惕：永遠不要成為一個比你十四歲時還不如的人。

那時我覺得，只要寫得好，區區幾個句子能帶給人的印象會有多深刻。於是我下定決心，一生要以寫作為職志。更明確一點說，我決定奉獻一生來記錄真相，即使當時我對什麼才是真相一無所知。父親的死對我而言是個錯誤，一個天大的謊言。某個腦袋被槍砲給打爛的人躺在泥濘的壕溝裡，這件事跟英勇精神有什麼關係？如果某人真無可取代，就像那封陸軍中尉的信裡所寫的，為什麼要讓他困在這樣的壕溝裡？而且為什麼到處都得提到「父親般的祖國」？其實這國家裡的所有父親，要不是瘋了殘廢了，或再也沒辦法從那場混戰中回來？這些問題折磨著我，而且從中又衍生出更多疑問。那是我從來不敢對母親提起的問題。我問老師，問同學，問市政廳，問隨便一個走在街頭的路人，即使父親的屍骨早已寒盡，深埋在某處的地底。接下來，心底浮現出更多關於自我的疑惑。我是誰？我想成為誰？我到底能成為誰？

一個穿著短褲的十四歲男孩，決定要一窺簾子後面的世界。他想成為記者或作家，這兩者在當時對他來說沒什麼差別。反正他想成為這行業裡最頂尖的人物，或者至少像雷姆庫爾店裡擺的那些大報編輯，報上刊登的文章，總會簽上像 A.P. 或 K.T. 或 O.S. 之類的名字縮寫。他成功的機會渺茫。其實根本沒有。但是他滿心疑問，並且具有老驢子般的頑固執著。

我在學校裡參與了學生報紙的出版工作。每一次出刊的數量是一百三十份，這需要五個學生，用藍色複寫紙和多倍副本印刷忙得不可開交。我負責綜合報導撰稿，內容多半是關於下課時間的打架衝突事件，以及學校食堂的一週菜單。我的耳朵後面，總是夾著一根短短的鉛筆，這帶給我一種忙碌的興奮感。每當我走過學校中庭，其他人會以一種混雜了好奇與蔑視的眼神看著我。「喏，迪克森，又在當狗仔了嗎？」他們喊著。一點也不尊重且讓人激動憤慨。

從學校畢業後，我到鎮上圖書館去找管理小姐。我說我想創辦一份報紙，不知道有沒有人在這件事上可以助我一臂之力？奇怪的是她並沒有笑話我，她看了我一會兒，然後說：「跟我來。」

她用鑰匙打開了放烹飪類書籍那道架子後的一扇小門，走下幾層階梯後，我們進到一座有拱頂的地窖。天花板上懸著一顆孤零零的燈泡，映得我們的影子在牆壁上游移，那牆壁看起來就像是直接從粗礪的山壁鑿穿而成的。地上覆蓋著一層厚厚的灰塵。「那裡，」圖書管理員邊說邊指向一角。在一個鍋爐和成堆的破書當中，有一部巨大的黑色機器。

「你覺得你可以用這部機器弄出點名堂嗎？」

「嗯，」我說。「我想可以。」

那是一台柯尼希與包爾牌的汽缸式印刷機，以前的社區新聞就是用它印出來的。這部機器已經有一百多年的歷史，機身被潤滑油和塵埃的混合物所塵封，我花了將近一年的時間，才讓它恢復運轉。當它終於以一種正常的聲音啟動，滾筒下喀噠喀噠地印出幾頁紙來時，我不禁大聲地歡呼，因為激動，我喊破了聲音，而天花板上則飄下一些微塵。

又過了兩個月後，就在我十九歲生日快到之前的一個嚴寒的冬夜，我定下了新報紙的名稱：保羅鎮傳訊報。字型是Walbaum-Fraktur，半粗體，二十四號字，源自西元一八一二年。在那燈泡的光暈裡，從我嘴裡呼出的霧氣，彷彿是新紀元的精神。

這份報紙我辦了三十九年之久，其間還跟一大串數不清的同仁共事過。他們都曾經是狂熱相信過書寫文字的力量的人——至少在某段短暫的時間裡。其中有退休的人，有家庭主婦及中輟生，有臨時工、機械工與失業的老師，有無所事事的人、腦袋空空的人，還有天才。他們來了又走了，而我一直都在。

三十九年。

人們說時間在回顧中會縮短，但這並不正確。那是一段漫長的時光，對我來說也確實漫長。自始至終我都盡我所能。在我印出來的東西裡，從來不曾有哪一則流傳到外面的世界去，它們始終留在保羅鎮裡。但是這並沒有差別。每一個瞬間，都是所有時間的縮影，市集街的商店櫥窗也映出了全世界。創報之始我曾經訂購過一次紐約時報，我想知道別人是怎樣辦報紙的。那份報紙後來寄來了，比預定時間晚了一星期，不過反正即時性並不是重點。講究即時性的人，應該去看鏡子裡的自己，新聞所描述的，永遠只是「發生過」的事。

那些美國人做的很不錯，但是他們並沒有比我更好。人的行為有其一致性，不同的只是它們的影響力。而這點也因時而異。

您想聽故事嗎？您邊聽邊把它記下來吧。這是關於那條電車線的故事。它全線有三個車站，兩個終點站，中間一站則是市政廳廣場。從小鎮的東北邊開到西南邊，然後再回來。電車代表進步，任何反對的人都是見識不廣。有些話人必須得傾聽，但有許多你大可不必理護會。你可以靜心等待它過去。市政廳畢竟不是垃圾桶，會大聲嚷嚷的，始終就只有那些憤世嫉俗的人，會抱怨咒罵的，始終也只有那些被社會淘汰的人。不過當然了，我們得開誠佈公，實事求是。這件事關係到我們，關係到未來，關係到一切。馬路上那些坑坑洞洞沒什麼大不了的，這點尚可容忍。反正它們一旦在冬天被水注滿了，就會凍結起來。況且夏天時，小朋友還能在裡面放小船玩。這太棒了。任何事都有利有弊，過去也沒有比現在好，只是不同。一切都在變動，一切都在流轉，一切也都得花錢。我們財政預算裡的坑洞，比馬路上的還大。我們財政預算裡的坑洞，也比城郊的那些泥沼坑還大。這麼說聽起來很不錯，您記下來了嗎？這只是一個建議，算是引起動機。政治並沒有為媒體定下任何規則，沒有人替任何人定下什麼規則。有關這件事的議論已過於氾濫，而且更確切地說，它們多半是誤導以及謬論。於是整修學校的事，沒有列入議程，沒有任何事列入議程，政治獻金那件也沒有——此外關於政治獻金，根本子虛烏有。那裡面有些事被誇大了，許多還被誤導了。其實全部都是。真相和燒熱的鐵一樣，都是掰得彎的。事實是一種觀點問題。想知道事情真相的人，可以自己去挖掘消息。沒興趣的人，就等別人提供消息。這是人的自由。您記下來了吧？了不起。您也從側面去了解了吧？電車線是一回事，布克斯特賣的豬絞肉裡有毒，則又完全是另一回事。把事情攪得亂七八糟是不行的，不能把一切混為一談或同等處理。所有的事都有它的時間性，每個人也都有自己的位置。要不然人該何去何從呢？等一下，這樣是行不通的。是錯誤的。是違反常理而且還很危險的。貪腐並沒有名字，而正是名字給了我們尊嚴。您看到躺在街上的神父了吧？他的背看起來像烤盤上烤焦的蛋糕。您也聽到那個死掉的小男孩了吧？他昨天被人從泥沼坑裡拉了出來。或許您也讀過卡爾．約納斯的遺願了？他希望用他田裡的土，來填自己的墓穴。還有那消防隊員得爬過像山一樣高的瓦礫堆，搜救生還者與尋找死者？想想這些事吧。要怎麼想隨您高興。一旦您允許自己這樣想，您就會相信。所以「相信」事實上就是「知道」。而「知道」會變成「意見」。把這點記下來！

無名氏兒童。消失了的光。布克斯特最後的罪行。田裡發現死者。三人葬身於玻璃與石塊下。鎮長的夢想在瓦礫堆中。市政廳裡的默哀致敬。誰是這個小鎮的主人？誰是那紅色女鞋的主人？多了一座墳墓。道路工程的成本陷阱。疑雲重重，但沒有人下台。冬天來了！今年夏天不見了！柯畢斯基歡慶週年！這是謀殺！那是兇殺！只是一時疏忽。市政廳廣場前的破紀錄創舉。這不是玩笑：公務員罷工！羞辱性塗鴉。阿布老爹，再會！春寒料峭。秋天定案。最後的跳舞茶會？今年還會下台嗎？保羅鎮的天大機會。保羅鎮全部的驕傲。保羅鎮在震驚中！保羅鎮最美的花藝裝飾。決定性之夜。養老院裡的嬰兒樂！李樹下的鄰里口角。

我的母親死了。

我母親死了。然而屋子裡有很長的一段時間，聞起來還是有她的味道。她的影子會從走廊的壁紙上掠過，到處都聽得到聲音：抽屜裡的紙張在窸窸窣窣地響，咖啡杯在叮叮噹噹，還有房間裡她輕巧地踩在地毯上的趴噠趴噠聲。隨著時間過去，影子消失了，聲音也減弱或改變了。地板上的嘎吱作響，與廚房碗櫃裡杯盤的震動，都不再與她有任何關係。

我在黑暗中，獨自端坐聆聽。

我是為了妳才繼續做下去的。不過如今人事已非。那時在廚房裡，我看到妳擱在腿上的手捏著那封信，信封因為沾了泥土而有點髒。妳臉上沒有笑容，而我是多麼希望能看到妳笑。我什麼都不想聽，我想捍衛我的童年，想對著妳喊：「我還是個孩子，而且要永遠當個孩子。我要一直當妳的孩子！」不過我沒有喊出聲，為了妳我不這樣做。這樣夠嗎？我不知道。我希望，當時我能把事情看得更清楚一點。不，或許我希望當時沒看得那麼清楚。我希望妳能為我感到驕傲。不要生我的氣，我窺探了簾子後面的世界。當我拉開最後一道簾子通風，看見簾後什麼都沒有。我希望了無遺憾，這就是所有的真相。

馬丁・雷納特

這場雨來得又急又猛，好像大半個夏天以來積累的雨水，全都在此時一股腦地從小鎮頭頂傾盆倒下。我們坐在車子裡，邊喝啤酒邊聽音樂。湯姆在後座，凱特在駕駛座，而我坐在她旁邊。這是她爸爸的車，她才剛拿到駕照幾個禮拜。她說如果讓別人碰方向盤，她爸爸一定會殺了她。他會把她的頭髮綁在後輪軸上，然後一路拖著她開過田間小路。這天她穿了一件短版的針織洋裝，兩個小時之前，我還能看見她腿上細緻的汗毛，在夕陽餘輝中閃閃發光。此刻太陽早已下山，黑暗吞沒了她的腿，而我們就像鬼魂般地坐在這裡，還沒喝醉到真正覺得痛快。那是星期六晚上，而這條街，這座小鎮，整個世界，毫無生氣一片死寂。唯一在動的是這場雨，它在車身板金上打得叮咚作響，大條大條的水紋從玻璃上流瀉而下。

「嘿凱特，我上次不是看見妳和那個蠢蛋在一起嗎？」湯姆問，「再說一次他叫什麼名字啊？」

「這裡唯一的蠢蛋就是你。」

「我忘記他的名字了。那傢伙真是巨大，手臂簡直像大猩猩一樣。」

「你真是個蠢蛋，而且你喝醉了。」

「我真希望我醉了。」

「你少煩她了。」我說。

「現在是怎樣？」凱特說，「你認為我自己應付不了嗎？」

「我不知道我該怎樣認為才對。」

「你以為沒有你們，我們這些女人連路都走不直是吧？」

「我可從沒這麼說過。」

「你們非得破壞一切嗎？這可是星期六晚上！」湯姆說。

他窩在後座，半張臉在陰影中且兩膝間夾著啤酒的樣子，真讓我想朝他的嘴揍上一拳。事情總是這樣，起頭的人是他，我只不過跟著說了兩句，但最後一切都賴在我頭上。不過我們被認為是超級麻吉，而我不想戳破這樣的神話。一陣狂風掃在擋風玻璃上，瞬間我突然覺得有重物從天而降，正好掉在我們車上。就在這裡，在這個全世界最死氣沉沉的小鎮上最死氣沉沉的一角。

「夏天過去了。」我說。

「啤酒快喝完了。」湯姆說。

「我不想再喝了。」凱特說。

我們在附近開了一會兒，經由聯外道路向西駛出了小鎮。後面沒有跟車子，對向也沒有來車。我們是路上僅有的光，四下僅剩的有生命的活物。柏油路面上有狂風在逐獵著暴雨，道路邊緣的泥土在雨中似乎彷彿沸騰著。

突然，前方的道路上有什麼東西一閃而過，伴隨著一記悶響。我先被往前然後又往一邊拋甩，有個很硬的東西撞上了我的胸，說不定是方向盤，也說不定是排檔桿，我只知道一瞬間無法呼吸。但緊接著我又坐直了身，吸著氣，卻感覺到劇烈的疼痛，伴隨著奇怪的低沉模糊的咕嚕咕嚕聲。我環顧四周，車子向前傾斜半栽在田裡，引擎熄火了，但大燈還亮著。收音機掛在從組裝板掉出來的電線上頭晃動著並沙沙作響，擋風玻璃完全撞裂了，把光分割成數以千計的小小拼圖。有什麼東西滴在我的手上，但不是啤酒。

「那是什麼？」我聽到後座的湯姆在問。他還坐在那裡，正如之前一樣。但臉頰上有一道長長的撕裂傷口，血正從那下端汨汨淌出，流經下巴。

「一隻狐狸或什麼的，」我說，「反正不是人。」

「你怎麼知道？」

「太小了。再者外面根本沒有人。」

「你的聲音聽起來很怪。」

「我知道。」

「你的襯衫怎麼一回事？那是血嗎？」

把臉埋到膝蓋整個人縮成一團的凱特坐直身子。「他會殺了我！」她說，「他會殺了我！」

「嘿住嘴，這可以修好的。」

「不，」她說，「你看那收音機！」

突然間車子裡亮了起來，一輛車沙沙作響地朝我們駛來，愈開愈慢然後停住。一個男人下車冒雨向我們跑來，「你們還好嗎？」

湯姆搖下車窗，「不好，」他說，「前面那個在流血，還發出奇怪的聲音。」

「只有在呼吸時。」我說。

「噢我的天！」那男人瞪著我們並喊了一聲。「不要動，就這樣待著。我去求援！」他踉蹌走回他的車子，然後往前開去。

「他會殺了我！」凱特說，「他會把我們全都殺了！」

「我需要一點新鮮空氣。」說完這句話後我下了車。

「還有方向盤也完蛋了！」我聽到她還在嗚咽。

車子外面一片漆黑，現在雨沒那麼大了，而我想，一些清涼的空氣對我有益。腳下的泥巴在趴噠趴噠響，每走一步，爛泥都能淹到我的腳踝，一直到確定完全離開他們的視線之後，我才跪倒在地上，開始嚎叫。那種感覺，好像有什麼東西深深插進我的身體，事實上也真是這樣。我試著觸摸襯衫下的那個位置，但只摸到了一個濡濕的且在鼓動著的洞。我向前倒下，吐出一大口血。我把臉貼在地面，對著爛泥大聲哀嚎。我想著凱特和她老爸，他會殺了她，或她殺了他。這她是幹得出來的，然後她會和湯姆一起逃走，嫁給他，以及這類的事。我突然恍然大悟，這整件事都只是一場戲，所有人都是衝著我來的。他們做掉了我，湯姆和凱特。他們兩個，尤其是他，他會得到一切，以勝利者之姿。

他比我晚一年來到這個班。當他站在教室前面，輕聲細語說出自己的名字時，事情已經很清楚，我們班的結構將有所轉變。變成怎樣則依那些女生的眼光而定。她們為他瘋狂。為他那一頭烏黑的髮絲，這讓他帶點印第安人的樣子，為他長長的睫毛，光滑的皮膚，以及那該死的輕柔且滑膩的聲音。他分到了我旁邊的座位，於是無可避免地我們變成了朋友。不過我們之間的友誼是存在著落差的，這聽起來有點錯亂，但在他附近，有時候我真覺得自己像隻搖尾乞憐的小狗。他令人有這種感受。

天氣好時，我們會在公園裡閒晃，或在晚上去荒園那邊鬼混。我們會喝著啤酒，吞幾顆從父母親的小藥櫃裡偷來的藥丸試試。我們會把那些藥丸依顏色和形狀歸類，然後將它們一顆一顆吞下去。通常什麼事都不會發生，不過有時候還真能把一個人放倒。在我的記憶裡，那是在春天時。天氣很溫暖，有啤酒，有小藥丸，還有那種像白羽毛般輕飄飄地成群在空中滑翔的東西。我們兩個總是跟在凱特屁股後面，她在哪裡，我們就在那裡。不過說不定剛好相反，天曉得是誰先愛上誰。我們全都熱愛生命。我以為我不是個會嫉妒的人，但是有一天我對凱特說，她不該像個婊子那樣厚顏無恥地巴著他不放。而她聽了之後只是閉上眼睛，把臉轉向陽光。我相信她後來對湯姆轉述了我的話。

那股劇痛，感覺起來彷彿我每動一下，就更深地扎進我的胸膛。這麼多的血，我想從我嘴裡冒出來的要比從胸口那個洞還多。那種咕嚕咕嚕的聲音，變成了某種粗糙嘶啞的呼喊。我是一隻野獸，而那是我的聲音。我爬進土裡，用頭挖出一個洞穴，然後消失不見。

有一次他吻了我。我們和史威特以及其他一幫人在荒園那裡，我背躺在鎮長墓地的石板上，而他突然跪在我身邊，從上而下朝我壞笑。「怎麼啦，你這個王八蛋？」我問他，然後下一秒他就用他那張濡濕的大嘴壓在我的唇上。我想對著他的嘴巴揮一拳，打斷他身上的哪裡，或就著他的臉打到他動彈不得。但我並沒有這麼做。我根本什麼都沒做，只是躺在那裡，讓他的舌頭伸進我嘴裡，整個人動彈不得。一會兒他站起身並拿起一罐啤酒，而我裝作一切好像只是個蠢斃了的玩笑，但當時我真想大聲怒吼。

四周有許多聲音。呼喊的，大叫的。我抬起頭，把視線移向馬路。那裡停了三、四輛車，至少。在那些藍色的燈光中，地面彷彿冒著煙霧。警察正七嘴八舌地在交談，其中有兩個我見過。一個消防人員急急忙忙地縮著身從他的車子跑到事故車輛，然而再跑回來。凱特站在救護車旁邊，肩上披了一條毯子，正與一個男人說著話。救護車裡的擔架上，則躺著湯姆。我是從他的運動鞋認出他的，藍色鞋面，黃色鞋底。他們兩個都在燈光下。沒有天使。光是為每個人存在的。雨還一直在下著，不過奇怪的是，那雨滴落得極其緩慢。在一團漆黑裡劃出一條條銀線，彷佛是分格慢動作。有人在喊著我的名字。我一動也不動，這和我有什麼關係呢？我是土裡的一隻動物。「湯姆！」雨水在我臉上滴出這樣的聲音。湯姆。湯姆。湯姆。湯姆。湯姆。他的黃藍色運動鞋一度是我的。他所擁有的一切，都曾經屬於我。我再也不需要這些了。他們手電筒的光束晃動著穿越黑暗。而就在我面前，那隻狐狸出現了。牠僵硬地拉開兩隻前腳，躺到我身邊來，把嘴靠在我臉上，並對我耳語：繼續這樣躺著，不要動。他們找不到我們的。

琳達・阿貝里烏斯

I

雖然說不出為什麼，但我很確定：那是一座在南方的山。山頂上有一間旅館。整棟建築採光好又開敞，四面八方視野全無阻擋。在它腳下是擴展開來的雲海，整片無邊無際的渺遠與雪白。那是冬天，我們已經在這裡待一陣子了（數天之久？），四周的人都是好人，但是他們都沒有臉……

一陣不安向我襲來，那是一種即將要動身了的預感。我想像著要成為他們的一份子，然而「他們」是誰？突然他站在我身邊，我們交談著。他的頸項和頭髮聞起來很香，而且他微笑。我們坐下來，我把手放在腿上，手指摸到的布料有點冰涼。他的解說友善但明確，說話時略低垂著頭。我沒聽到任到話語，卻聽懂了一切。

時候到了。大部分的人都已經在下面，而就在此刻我理解到，我又是孤伶伶的一個人了。但這不是很簡單嗎？有人對我這樣喊著，他到房間去了！跟她！他們兩個現在在一起。

稍後我踩著敏捷輕巧的步履，沿著山徑下山。風冷冷地迎面撲來，只有我眼睛後面在發著熱。他們在上面，離我身後遠遠地。

我愛你……

路邊有個什麼東西。臉上佈滿塵土，眼睛看起來像石灰岩石上的藍色的小水坑。突然間我感覺到一股巨大的疼痛，然後發現左手臂不見了。它從肩膀上被扯斷。我滿心驚駭地往山下跑。我閉上眼睛，那股疼痛慢慢消退，而且終於，終於……

II

午夜時分傳來隆隆巨響，天空下起了點點寒星。在森林的深處，躺著那個孩子。不用費力了，我說，你們找不到他的……那是我心裡小小一絲幸災樂禍。我把臉埋進你的溫暖中，因為我知道：現在一切都好。現在任何事都不會再發生了。四周逐漸平靜了下來，連一絲風都沒有。我要在你的肩窩上，來一場冬眠。

III

這裡什麼都很髒，那男人邊說邊用手揮拍著，又髒又臭又亂，不過還是很有意思！我走到市集街上，兩旁的商店一間緊挨著一間排列著，宛如被塗得色彩繽紛的盒子。讓人真想把它們拿起來亂丟一通。你是個什麼東西，保羅鎮？你的根本鑽不到市政廳地下室那麼深，而老鼠已經在啃噬它們！有人搖搖晃晃地走在人行道上這樣喊著。他是個蠢蛋。我知道這點，卻沒辦法做任何事來反制。那男人笑了，雙臂揮舞著道別的動作。從教堂廣場迎面吹來一陣木頭燒成炭的味道。這一刻我理解了——這不過是一場夢中夢。而我將無法再甦醒過來。

貝納德・西伯曼

我聽得見他們。我聽見他們的腳步聲，落在那條鋪滿小鵝卵石的步道上。我能夠從步伐聲辨識出他們，早在他們站到我上頭交談之前，我就知道他們是誰。

在他們張嘴之前，我也知道他們要說些什麼。

即使他們保持緘默，我也能聽見他們。我認得他們。

他們的腳步聲。

啪噠，啪噠，啪噠。或輕巧或沉重。啪噠，啪噠，啪噠。慢慢來，慢慢來，一切都需要時間。

是吧，卡蜜拉？

早安，貝納德。這是個美麗的早晨，天氣很暖和。你得聞聞泥土的味道，它聞起來像秋天。氣味濃郁。而且不知道為什麼，還帶了點煙燻味。

我聞到了那些泥土，卡蜜拉，怎麼可能聞不到呢？它們塞滿了我的腦袋。不過在下面它們並沒有煙燻味，聞起來就像泥土，只是有時候很濕，有時候沒那麼濕。

說不定是因為空氣的關係。我想西南邊的入口有人在燒落葉，每年這時候，他們總是這樣做。貝納德，死亡聞起來是什麼味道呢？

死亡聞起來像鹽巴。妳帶花來了嗎？妳知道我並不喜歡花，不過我還是會開心的。妳是在格雷戈里娜那裡買的嗎？那家花店還在吧？或者那花是摘來的，是吧？妳在日出前，偷偷潛進了鎮上的公園。雷格尼爾晚一點會發現那些被折斷的花莖，然後幹出某些瘋狂的事。把花放下吧，用妳的手指再輕撫一下它們的葉子，這會讓妳感到歡喜的。妳這個小偷，卡蜜拉！

有點不尋常，但是只要踏進墓園，天氣立刻就變了。這裡幾乎沒有風，而且即使是陰天，看起來也都明亮又開闊，甚至連下雨時，感覺都比在鎮上美。雨絲會無聲地落下，然後被泥土吸納。你們這裡是寧靜的。

我早就忘記天空的樣子了。我們這裡可不寧靜。相反地，一切都不得安寧，到處都是又搔又咬又刮的聲音。還不只是動物，連植物的根都會製造噪音。有時候還有一種轟隆轟隆的聲音，來自地底深處，而且慢慢增強。你想要蜷縮起來避開它，但一來已經沒有身體可縮，二來反正它也會消失。不得安寧。哪裡都一樣。

你看看，那些雜草都已經鑽進墓碑裡了。這可是塊不便宜的石頭。它耐得住好幾十年、數代的風霜，那個石匠是這樣跟我們說的，你記得嗎？說話的時候他用喊的，因為懶得關掉磨石機。

他是個騙子。無時無刻都在咆哮，臉上沾滿大理石的塵埃。全是騙子和罪犯。他們露出嘴裡的金牙，用小塊抹布擦拭著引擎蓋、門把和墓碑，然後跟顧客說什麼品質與身分地位，人們就中他的圈套了。妳在幹什麼？住手！別往那裂縫裡到處摳。沒用的，那只不過會弄斷妳的指甲。它們還是紅色的吧，卡蜜拉？妳的指甲還是紅色的嗎？

那裡還有另一種石頭，更漂亮，而且更貴！它有種細緻且偏紅的紋路，當你把手掌平放在上面時，它就像木頭那樣溫暖。來自義大利。還是智利？沒錯，就是智利，貨真價實的南美洲產品，那個石匠這麼說的。

或許當時我們該選那一塊。

算了吧，卡蜜拉。妳真以為這樣妳就會滿意了嗎？不過是一些雜草。雜草和蘚苔。妳怎麼了，卡蜜拉？

我感到悲傷。

雜草這種東西比任何石頭都頑強，不管那石頭是來自哪裡或價值多少。他騙了我們，就是這樣。他們騙了我們所有的人……

你知道嗎？在你走了這麼些年之後，我還發現過你的頭髮。其實在我認識你的時候，你頭上已經沒幾根毛了，但它們卻仍散落在我們的公寓裡。上一根是在一年前發現的。毫無疑問那是你的，又短又金，幾乎是白色的。

能聽到妳的聲音真好，卡蜜拉。

該跟你說這件事嗎？很可怕，但不知怎麼的，我覺得有點可笑。這件事跟柯畢斯基有關，你也知道的，他喜歡割草機。他對這些東西極度狂熱，我相信他車庫裡的割草機，比他店裡銷售的汽車還多。而且還總在星期天讓它們在花園裡穿梭！那噪音之可怖，簡直像親臨賽車現場。此外還有那股臭汽油味，這些你都還記得吧？最近他又來了。我們坐在露台上，天氣很暖和，陽光普照，然後一切開始了：柯畢斯基，身穿游泳褲與涼鞋，露出白肚皮和兩條白腿，推著他的最新戰利品，一台配有像牽引機那種引擎的巨大傢伙，又橫又豎地走遍整座花園。差不多一個小時。至少。那玩意又吵又臭，但柯畢斯基卻樂在其中。不過接下來事情發生了。我其實摸不著頭緒，不知道是腳上趿著涼鞋的他滑了一下，還是割草機的刀片打到一顆石頭或一條樹根，總之他突然猛力把割草機往高處一拽，自己踉蹌地倒退，那機器砰一聲倒在地上。在一陣刺耳的噪音之後，一切歸於平靜。

妳說的「我們」是跟誰？

你還好嗎，柯畢斯基？我開口問。不過他只是站在那裡，視線越過花園的籬笆盯著我們，不發一語。但我注意到他嚴重盜汗的樣子，他整張臉以及肩膀的部位都汗出如漿。一切都還好嗎？我又問了一次，而這次他搖搖頭。不好，他說，我想不怎麼好。他把割草機抬高了一點，露他的腳。他的腳，原本應該是大腳趾所在的位置，現在有個深色的斷口，正汩汩滲出血來。還好其他部位似乎沒有遭受波及，以我眼睛所能看到的來說，甚至涼鞋也完好無缺。柯畢斯基往下看著草皮，彎下腰撿起了什麼。那東西遠遠看起來，像顆白色的圓形蕈菇，但那是他的大腳趾。他把它舉高並對我們說：或許他們可以把它重新弄回去。他說這句話時完全平靜，不過臉色卻像雪一樣死白。

「我們」是誰，卡蜜拉？星期天下午誰和妳坐在露台上了？

好吧，那根大腳趾，他們沒辦法再弄回去了。柯畢斯基把它保存在一個密封的玻璃罐裡，他對我們這麼說。那玻璃罐在廚房的櫃子裡，就在放調味料的盒子旁邊。但是我有點懷疑，你也知道他這個人。

沒錯。

我要離開了，貝納德。

怎麼……妳說什麼？我當然知道他這個人……他是個瘋子。反正他就是……柯畢斯基。我們又該說些什麼呢？

我要離開這裡了。

在一個密封的玻璃罐裡？這可不大對勁。沒有人會這樣做吧。他還一直在餵那些小鳥嗎？他也得慢慢明白，那些鳥就是因為這樣死掉的。糖和油脂是牠們的殺手，那些鳥都因高血壓而掛掉。說不定牠們是爆掉了。麵包在牠們的胃裡發脹，直到牠們整個爆掉。灌木叢裡充斥著爆掉的鳥屍，狐狸也從野地裡來了，或更糟的是：下水道裡的老鼠也來了。說不定這正是他這麼幹的原因，他是個瘋子，這個柯畢斯基，我相信他的理智被那些汽油給摧毀了……

貝納德……

妳到底怎麼了，卡蜜拉？妳的聲音聽起來有點生硬。不要總是叫我貝納德，聽起來好嚴肅。妳第一次這麼叫我時，我就知道，我們再也回不去了。我站在那裡，突然覺得自己像個男人。那種感覺還不錯，但有些東西卻也消失了。每一瞬間都有一些東西在流逝。還記得以前妳是怎麼叫我的嗎？再那樣喚我吧！我希望我們能用過去的老稱呼來呼喚彼此，卡蜜拉。

我不會懷念保羅鎮的。它對我從不具任何意義，這你是知道的。但我會懷念我們共度的時光，它很美好，對此我該感謝你，貝納德。過去這幾個星期有太多事得辦，現在一切都處理好了。那棟房子換得的錢，日子還是可以過下去的。整件事進行得非常快，簽兩個名，就這樣。

妳把我們的房子賣掉了。

我叫了一輛大卡車來搬那些家具。昨天又摘了一次櫻桃，滿滿整整的一籃，顏色深紅到幾乎像黑色。我們還會有一座花園，不過沒有櫻桃樹了。但我因此看得到山，你還記得我有多麼思念山吧？很快地，我就可以一早醒來往窗外一望就看見山，這不是太美好了嗎？而且會有人來的，會有人來看顧你的，貝納德。他們會打理這些花和樹，還有那些雜草。一個月一次，他們會來刮掉石縫中的蘚苔。也會把石頭塗上保護漆，把這塊石碑再打磨擦亮一次。我希望它能亮到映出月亮。

不要再哭了，卡蜜拉。

這些花真的很漂亮，我想你會喜歡它們的。

那棟房子，妳賣了怎樣的價錢？我們那個櫃子怎麼處理？它比房子還老，妳沒辦法就這樣把它帶走。它承受不了搬運的折騰，除非妳先把它給拆了。不過隨著歲月，那木頭應該變脆易碎了。而且之後又該叫誰把它黏合起來？妳不記得我們站在那個櫃子前的樣子了嗎？我們曾經想像著那木頭上的紋路，是一張有著街道與公路的地圖，每一條路線我們都還曾周遊過。而妳笑了，卡蜜拉。妳不記得了嗎？妳笑到根本停不下來！

再會了，貝納德。

還有，別想把它整個一起搬上或搬下樓梯。那個櫃子太重，會四散崩解的。這與我們放在裡面的東西完全無關。那並不重要。我們放在裡面的到底是什麼啊？一些工具，舊床單，聖誕節的裝飾品，都是這些東西。重要的是那個櫃子，還有妳的笑容。是妳的笑容，卡蜜拉，妳不了解嗎？

卡蜜拉？

庫特・柯畢斯基

昨天傍晚，我被人說服了要代售一輛六七年份的福特 Transit。這輛車有它的特色，而我們花了一整個上午的時間，把它油箱上那些又大又黑的銹斑刮掉。有幾個地方還需要再焊接一下。到中午時我覺得做夠了，於是走到公園裡，坐在一張長椅上。栗子樹的樹蔭下很涼爽，頭頂高處有兩架飛機劃過，在天空中描出一個有著破碎毛邊的十字。

還得給換它個新的後輪軸，我心想著，至少這點得做。

一隻小鳥蹦蹦跳跳地過來，在我面前待了一會兒，什麼事也沒做，然後飛走了。我把背往後一靠，兩腿伸直。我的褲子上沾滿油漬，膝蓋的位置還有破洞。從上面看，那膝蓋還真像兩張白色的小臉。

我忍不住笑了一下。

一個穿著牛仔褲的女人走過去，牛仔褲很緊，而她的屁股在震動或波動或晃動著。在此同時，對面的草地上有隻狗來回奔跑，牠舌頭掛在嘴邊甩動的樣子，就像我曾看過的一管掛在校車窗外的粉紅色衣袖。

我覺得疲倦，不過是以一種舒服的方式覺得疲倦。全身上下哪裡都不痛，既不餓也不渴。

我在想，說不定可以把那部 Transit 留下來。

頭上方的那一陣沙沙作響，而下一秒，一小坨白色的鳥屎直接落在身邊的長椅上。它發出啪的一聲，然後我明白了：今天是我生命中最幸運的一天。

確實也是。

柯妮·布舍

太陽升到窗框裡。而一切都從這裡開始。真該把它們洗乾淨的，我心想，出發前該把所有的窗戶都再徹底洗一次。不過現在來不及了。那些窗戶對灰塵簡直有如磁鐵一般，鬼才知道它們怎麼有辦法黏在光滑的玻璃表面上，還能製造出那些紋痕來。老是這些紋痕。

弗瑞德的毛毛腿在我腿上摩娑著，他很清楚該怎麼做。不能太用力，但也不能太輕柔。尤其是絕對不能太輕柔。一大早不能有太多誘惑。只有透過這種「非誘惑」，反倒能形成一種誘惑。這是我們之間的默契。他的腳掌像電熱毯一樣蓋在我冰冷的腳指頭上，半張臉藏在被單裡，眼神天真無邪地看著我，有節奏地動著自己的下巴。他的樣子像隻幼犬，鬍子搔刮在布料上的聲音，是我們每天早晨的旋律。他說：我想埋進妳的身體裡。我說：真該把那些窗戶洗一洗。他擠到我身邊耳語：還有一些完全不同的事可以做。

然後瑪雅和狗跑進了房間裡。她光著身體，睡衣大概是在她從浴室跑來這裡的某處不見了。她停住腳看著我們，一臉不明白，也不想弄明白。細碎的陽光在她頭髮上微微舞動著，最後她哈哈一笑，撲跳到我們的床上。今天要出發嗎？對！真的是今天？對！狗兒也在床前跳上跳下，興奮狂叫。

瑪雅的耳朵，離我很近。

耳背後極其細緻的汗毛。

她的臉頰，她小小的圓圓的肩膀。

她的笑容，我們的笑容，狗汪汪叫的聲音。

弗瑞德急喘與低吼聲，像隻巨大危險的困獸。

整部車直到車頂都塞滿了行李。我們好像不是去度假，而是要搬家。其實也沒錯啦，弗瑞德說，度假是一種日常習慣的「搬家」。他還裝進了一大箱的書，那些書他全讀過，大部分讀過好幾次。有一本甚至還是他寫的，那是某種年鑑式的鎮誌，書名就叫：保羅鎮，沒有鄰里的小城。他寫這本書的唯一目的，是要永遠隨身攜帶，以便需要時，拿來證明他擔當得起鎮立圖書館圖書管理員的工作。他需要在身邊帶點熟悉的東西，對他而言，陌生的環境已經夠陌生了。不過現在他得先檢查油箱和水箱，還有胎壓。在做這件事時，他的手指有點笨拙地在輪胎側面到處又按又壓。這是一點都馬虎不得的事。我曾經為他這樣的認真與努力愛過他。瑪雅在哭鬧著，她的水球得充氣，只有充了氣，我們才看得見那張海豚的臉，想出發的話，除了充氣沒其他可能。於是弗瑞德吹起水球，他剛刮過鬍子的臉頰既紅潤又光潔。現在瑪雅滿意了。好了嗎？好了。毯子、小孩和狗都在後座，走吧，上車，出發了。瑪雅和那張藍黃色的海豚臉，朝著後車窗大笑。保羅鎮會滅亡嗎，媽媽？嗯，寶貝，像世界上所有的事物一樣。

田野。在那些高瘦、顏色暗沉的樹木後方。

弗瑞德在方向盤上的手。手指正隨〈Let's Get It On〉的歌曲敲著節拍。

一輛擠滿豬的卡車。那些豬的耳朵和嘴巴，從木板條間露了出來。

倒映在邊界檢查站窗玻璃上的我的臉。

那些公務員懶洋洋地揮手。

這片黃色調的風景。檸檬樹，橄欖樹，房子的廢墟，路邊真真確確地站著一隻驢子。

瑪雅睡夢中發出的聲音。

擱在打開車窗上的我的手。

我們的度假屋，位在這座濱海小鎮上頭再高一點的地方，有著能夠眺望港口後方廣闊海洋的視野。這裡以前有人在捕魚，現在則只剩民俗文化了。有幾間餐廳和觀光客才會去的酒吧，五、六家紀念品店，一小片沙灘，和一棟緊鄰在沙灘後面，游泳池吧台附設夜間舞池的十層樓飯店。弗瑞德喜愛這個地方，他認為這裡沒有醜到讓人反感，也沒有漂亮到讓人有多餘的激動。奇怪的是，我覺得他說的挺有道理的。這裡沒有任何事過於浮濫，一切都是這樣恰好足夠。這讓人安心，此外我們也負擔得起。我們是第四次來這裡，而瑪雅也認出了「她的」東西。像是有藍色床的那個房間，以及車庫裡的挖沙工具。廚房的天花板上有塊一直在變形的霉斑，而這一年，它長得像個帶著帽子且怒氣沖沖的男人側臉。上午我們通常會去游泳玩水，下午坐在露台上，晚上則會去碼頭散步道旁那家海鮮餐廳吃飯。我們的房東溫貝托曾說，這家餐廳的魚味道之所以會那麼鮮美，因為是來自挪威的低溫冷凍魚。挪威來的魚這點我們能接受，至少港口的空氣是義大利的，晚餐配的蔬菜應該也是。

我們躺在沙灘上，看著瑪雅挖沙子。她蹲在一個與肩同高的坑裡，不斷愈挖愈深，態度既專注又認真。看，那是我們的孩子，弗瑞德說。是啊，我說，我想她有點傻。是有點，弗瑞德說，不過除此之外，她成長得真好。我們兩人都點頭贊同，我試著擠出笑容。天氣實在熱到讓人受不了，我在一層防曬油下冒著汗。其實應該要有風的，從海上吹來，遠遠的外海明明有兩艘遊船在浮沉晃動。然而就是沒有風，一切紋風不動，而我的額頭上黏著沙粒。我不喜歡沙子，它們會黏在額頭上，黏在腋下，夾在腳趾間，還會磨損皮膚。有次我讀到一篇報導，一顆沙粒的表面，有著比一個普通小城居民身上更多的細菌。弗瑞德覺得這根本是胡說八道，不過他暗地裡想的其實跟我一樣。就是有那樣的時候，我們清楚彼此在想什麼。而現在瑪雅想吃冰淇淋。妳已經吃過兩次了，我說。

她一聽就開始放聲大哭，假裝癱軟在地。她就這樣直接往前倒，撲在沙堆裡猛烈地哭喊。我說：妳鬧夠了。弗瑞德則說：不可能！他跳起來，一把抓起此刻破涕為笑的孩子，把她放在自己的肩膀上，然後一朝向水邊跑。我把遮陽帽蓋在臉上，聽著他們噗嗤噗嗤地笑著與尖叫。現在因為帽把嘴藏起來了，我也可以放心地製造一些聲音。用舌頭輕輕地咂嘴，在被陽光晒暖的草帽下哼唱與嘟囔著。

在從沙灘回去的爬坡路中，我在一塊水泥塊上滑倒，手腕被某種金屬給劃破了。傷口並不是很深，最多只有兩公分長，但不知為何，那皮開肉綻的畫面讓我有點異常驚心，我蹲下去，盯著滴在我兩腳間那塊石頭上的血跡。沒有那麼糟啦，弗瑞德帶著好心情說，等下我們稍微包紮一下，就這樣而已。但是那該死的東西生了鏽，我說。少來了，妳可是個大女孩了，他一面說一面笑得好像他是個十五歲的大男孩。

日子一天天過去，一種愈來愈懶散的「休生養息」式狀態開始了。因為天氣實在太熱，熱到讓人不想去散步，不想打開一本書，連至少跟彼此做點什麼都懶。即使是人的思緒，都好像在熱氣中蒸發了。自幾天前開始，海面上就籠罩著一張動也不動的雲毯。它的顏色為灰，傍晚左右則會轉為帶點金黃的紅色。畫面看起來很美，不過瑪雅卻覺得天空生病了，它在發著燒。至少瑪雅的日子過得挺快活的，她喜歡這裡的一切，什麼都能把她逗笑——生病的天空，搞笑的大海，盤子上混濁的死魚眼，像一條爬在手背上的粉紅蛇的草莓冰淇淋，弗瑞德在水裡扭曲變形的肢體。自從我摔了一跤之後，弗瑞德和瑪雅就兩人去海灘。我的傷口有點發炎，手腕上綁著繃帶，我不想讓它們碰到沙子、髒汙以及有鹽分的水。弗瑞德每天早上都會幫我換藥，瑪雅最後會在新繃帶上畫一張小臉。那張臉在笑著，負責安慰我。而那也確實有效。上午的時光，我是躺在窗戶敞開的床上度過的。我很享受獨處的感覺，狗不算在內，牠躺在門邊，大部份的時候在睡覺，睡時還會把舌頭像抹布一樣掛在嘴邊。

狗急促的喘氣聲。

天花板吊扇細微的嘎吱嘎吱聲。

這裡沒有海浪聲，轟鳴聲是來自山丘後面那條公路的噪音。

轟鳴聲。

急喘聲。

嘎吱嘎吱聲。

那亮白的天空。

與亮白的房間。

他們衝進門來，聞起來像大海。弗瑞德扯掉身上的T恤，在地上做起伏地挺身，他的肚子每次都會啪答一聲貼上磁磚。他的背被晒得猩紅，頭髮裡掉出沙粒。他一面發出咕嚕咕嚕的聲音，一會兒爬到床畔又再爬回門邊，他沒有看見地上那一小坨一小坨從狗舌頭上滴下的口水。現在他是一隻螃蟹，瑪雅也是。我們是螃蟹，幫妳帶來了大海，她這樣喊著，然後把裝在桶子裡濕答答的貝殼和小石頭倒在床單上。我做出高興的樣子，哈哈，我大叫著，哈哈！

夜裡，我被港口漁船碰撞的嘎吱啪啦聲給吵醒。起風了，而這宣告了壞天氣。弗瑞德的呼吸又沉又穩，嘴巴半開著。他看起來跟過去一樣。我躡手躡腳地走到瑪雅的房間，在床邊彎身觀察她的臉，那畫面美好得令我想哭泣。不知道為什麼，我在心情平靜時所做的一切，感覺起來都像在道別。

還有兩天就要回家了。這場暴風雨很糟，凶猛的浪讓一艘遊船撞上碼頭堤岸，那木造船身因此破了一個大洞。溫貝托認為情況無法挽回，不過那也是理所當然的：這艘船至少有五十年了，只靠外面的顏色塗料和船東的禱告，勉強保持船的樣子，但現在它只能當港口慶典時生火的木柴啦。瑪雅哭了，她說不出為何要哭，卻在我懷裡抽泣個沒完。後來她解釋說，是因為我們沒辦法跟著體驗港口慶典而悲傷。此外，她也為那艘船感到難過。它身上的那個大洞，看起來就像是海底怪獸撕咬的傑作，現在它肯定得死了。洗澡時我脫掉她的上衣，把臉壓在她濡濕的淚水裡。

最後一天，弗瑞德和我坐在露台上看海。瑪雅在我們的床上睡覺。我大約在二十分鐘之前，就在臉上掛起了幸福的微笑，那是只為弗瑞德展現的笑容。它必須傳遞出一個信號，表達我對他、對過去這段假期以及對生活的整體基本滿意度。帶著僵硬的笑容，我望向遠方說：在海邊，我愈來愈意識到自己多麼需要自由。那是一種不受限不拘束的感覺，與人之間要親要疏一切皆有可能。弗瑞德說：啊哈。我說：這裡真是樂園。弗瑞德說：是啊，不過那場風暴過後有點臭，我想是因為隨之而來的海藻吧。我啜飲一口柳橙汁，然後把手放在他的下臂說：你不能容許它是個樂園，因為你怕被逐出樂園。你被驅逐的恐懼如此之嚴重，竟讓你在這個關於樂園的想像出現之前，就得把念頭逐出腦外。當然也有這種可能性，他說。我移回我的手，又喝了一口果汁。我們頭頂上，海鷗刺耳地嘎嘎亂叫。那些海藻在海面上擴散開來了，他說，它們會形成一層又厚又黏的毯子，在陽光下腐敗發臭，而下面所有的生命都會窒息而死。我盯著他然後說：你是個蠢蛋。可是「蠢蛋」這個詞沒人在說了吧，我的小兔子！弗瑞德回答。那是五零年代的用語，現在只會出現在不入流的廉價小說或某些庸俗濫情的電視劇裡。不然我該怎麼形容你呢，我問。不知道，弗瑞德說，腦袋進水？如果瑪雅沒睡在我們床上，或許我倆現在可以躺著歇一下，我說。他從側面看著我，然後說：我愛妳。我痛恨這樣。這等於在逼人回應，不回應我愛你這句話是不可能的。我又喝了一大口果汁，那味道異常甜美順口。我慢慢地把整杯喝光，把杯子放下，然後對他說：我也愛你。

就在此時，溫貝托出現在屋子的轉角。他汗濕了的臉紅通通的，好像在發燒一樣。請您們來一下，他說，恐怕有事情發生了。我們跟在他後面走，經過窗戶時，我往裡面看了一眼瑪雅，她還在睡覺，身邊放著那顆有海豚臉的水球。來吧，溫貝托說。我們沿著馬路走了幾百公尺，它往上彎蜒盤旋在這座被高溫燒炙著的山丘之上。您們看那裡，溫貝托說。躺在路旁的，是我們死掉的狗。牠的毛髮既凌亂又髒汙，肚子上裂開一道傷口，裡面冒出了某種像淡藍色的膀胱一樣的東西。蒼蠅正在四處嗡嗡打轉著。弗瑞德發出了一聲哀嘆，那聲音，與多年前有次我從他那裡聽到的一樣。他舉起雙手，好像在跟某人打招呼似的，然後放下，往那隻狗跑去並跪到牠身邊。溫貝托說：是一輛車，這些彎道太窄了。好的，我說，是一輛車。真的很抱歉，他說。我點了點頭。弗瑞德把手臂推進狗的身體下面，想讓牠動起來。他搔著狗耳朵後面的毛，揮著手驅趕那些蒼蠅。奇怪的是偏偏在此時，我忽然想起了我們頭一次見面的樣子。他手上拿著一塊蛋糕，站在市集街那家文具店前面。而我看到了他映在櫥窗上的臉，也看到他怎樣掉下蛋糕碎屑。他既不英俊，連在哪方面吸引人也說不上，但是他的某種樣子觸動了我。我想，我是替他感到抱歉。

瑪雅從我們身後冒了出來，她赤著腳，穿著泳衣，站在馬路上，兩手為了遮陽搭在眼睛上方。媽媽？她問，媽媽？回去屋裡去，弗瑞德說。該死的，帶著我們的孩子回屋裡去！

我想像著：

山丘上的兩個男人。

他們沉重的喘息。

他們不發一語的嚴肅。

他們的手。

弗瑞德額頭和頸背上的汗。

在死掉的軀體上覆上土塊的沉悶的聲音。

我們還是在那天傍晚出發回家了。溫貝拖道別時，送了我們兩瓶紅酒。他把瑪雅舉高說：明年妳就會重到讓我抱不起來了。她把頭往後仰，看著房間的天花板。弗瑞德坐在方向盤前，決心撐到底一路開回家。出發時我們揮著手，溫貝托喊了些我們聽不懂的話，然後消失在我們的視線中。這個晚上很溫暖，天空多雲，幾乎看不到星星，月亮偶爾會露面。路上很安靜，沒什麼車子。應該會很順，弗瑞德說。肯定是，我說。車裡面的一切都有牠的味道，他說。嗯，我說，我們應該把車子送洗，柯畢斯基那裡最近提供一種徹底清潔的服務。那是什麼東西，弗瑞德問，徹底清潔？就是一切全包，我說，從排氣管到腳踏墊。他們甚至幫你清掉手套箱裡的碎屑。什麼碎屑物？弗瑞德問。我說：我不知道，反正就是一些碎屑。弗瑞德打開收音機。我們有多常聽到這首歌？他問。不知道，我說，我們真的聽過嗎？他又把收音機關掉。我打開車窗，車外似乎都被蟋蟀的唧唧叫聲給包圍了。關起來吧，瑪雅在睡覺，弗瑞德說。於是我又關上車窗，然後把手夾在大腿間。繃帶下面的傷口還會痛，那種疼痛在隱隱抽動且灼熱著。我閉上眼睛，把頭往後靠，在半夢半醒中想著：妳活該，這是妳的懲罰。但為什麼？我又醒來，看著從身邊掠過的夜晚的燈火。我們沉默地開著車，弗瑞德突然說：她連一個問題都沒提，妳注意到了嗎？她還是個小孩，我說。從什麼時候開始小孩不問問題了？他說，我的意思是，畢竟被撞的是她的狗。或許她知道那沒有答案，我說，另外，那是我們的狗。有時候妳對我而言實在是太聰明伶俐了，他說，這點我還真是望塵莫及。我說：不要再說了。

隨著日出，瑪雅也睡醒了。還要多遠啊？我們就快到了，我的寶貝。你看到那邊的樹了嗎？那是楊樹，不是柏木了。楊樹是田野的守護者，它們會照顧我們的馬鈴薯。也照顧蕃茄嗎？嗯，也照顧蕃茄，特別照顧蕃茄。

我捲著手腕上的繃帶。不要動它，弗瑞德說，等回家我們就去醫生那。那傷口顏色很深又潮溼，邊緣的皮膚發炎了。我打開窗戶，把手臂伸到窗外吹吹涼風。那條線是什麼啊，媽媽？寶貝妳的意思是？妳手臂上的那條紅線，看！它長得像一條馬路。是啊，你說得對，寶貝，那是一條窄窄的紅色的馬路。

在早晨氤氳的水氣中，保羅鎮的剪影浮現在我們眼前。弗瑞德的兩手在方向盤上拍了一下並叫著：妳看妳說錯了，保羅鎮沒有滅亡，它還活著！

是啊，瑪雅喊著，它活著！它還活著！

在聯外道路上，與我們迎面而來的是第一波通勤者的車潮。馬雅向他們揮手，但沒有人對她揮回來。這會是美好的一天，弗瑞德說，夏天還沒走到盡頭，還有長長的一段呢。我看到田野上有個東西動了一下，有點像是猛然掠過的影子。而天上沒有雲，也沒有鳥，什麼都沒有，只有那既緲遠又明亮的天空。我想我現在要立刻去醫生那裡，我說，這樣或許比較好。弗瑞德看著我，然後降一個檔踩下油門。從現在開始，一切都會很快。

哈利・史蒂文斯

活著的人，思索著死亡。死掉的人，則談論著生命。這算什麼啊？其實不管是哪邊，對另一邊都一無所知。儘管人能夠臆測，也擁有回憶，但這兩者都信不得。

你們記得有個人叫理查・雷格尼爾吧？那個被你們喊做瘋子的人。或許他真的有點瘋，但其實我也是，不過這正是一個人的優點——反正我過去是這樣想的，現在也還一直這樣覺得——因為有人竟然能老實說出自己的心思。我們其實不見得是一般人所說的朋友，我們不會做對彼此傾訴祕密這類的事，只是單純地喜歡聚在一起，除此之外也就沒什麼了。

一天傍晚，我們約在市政廳廣場上碰面，想到對面的金色之月去喝兩杯。他還穿著他的連身工作服以及髒兮兮的工作鞋。「嘿，雷格尼爾，」

我對他說，「今天算我的。」

「好啊，」他說，「就讓你請一次。」

我們慢慢地踩著步，還繞了一點路。那是今年秋天最後幾個溫暖的傍晚之一，天空升起了雲層，空氣則濕潤而和暖。雷格尼爾從工作服的口袋裡拿出兩顆蘋果，我們邊走邊吃，不知道為什麼，這天傍晚的兩顆蘋果，吃起來特別香甜。

金色之月的門是打開著的，一股撒了啤酒的酸味從裡面直逼出來。吧台邊坐了兩個男人，其中一個突然哈哈大笑，然後頭往前一勾，就再也動都不動一下。

「來吧，」雷格尼爾說，「我們再走一段。」

我們在市集街上晃了幾圈，經過學校，繼續往鎮外的方向走。每隔幾公尺，雷格尼爾就會從一些灌木叢或樹籬上摘下點東西，塞進嘴裡嚼個不停。

「那些是什麼？」我問。

「綠色植物，」他說，「你一定不相信這些在你眼前唾手可得的東西是什麼。」

夜色降臨，雖然沒有幾扇窗戶亮起燈光。樹梢上掛著月亮，我們經過最後幾戶人家的花園，繼續走上一條田間小路。郊外吹起一絲微風，撲鼻而來的是田裡施過肥的味道。我們沒有交談，靜靜地走了好一段路。突然間，雷格尼爾停下了腳步。

「我想讓你看些東西。」他說。

「什麼？」

「得先等月亮不見。」他轉過身，指著在小鎮上方升起的那堵灰色的雲牆。

「一定會下雨，」我說。

「會下的話就太好了。」他邊說邊從口袋裡拿出一小盒菸。

「什麼時候開始抽菸了？」我問他。

「不知道，」他說。「一直都抽的。」

我們把菸點著，火柴的光照亮了我們兩人的臉，有一瞬間，我彷彿置身在營火邊。兩個男孩，露天逗留在荒野中的某處。我們一面抽菸，一面觀察那些雲是怎樣緩慢推移到月亮前。

「你喜歡她，對吧？」雷格尼爾突然直接地問。

「誰？」

「啊少來了……」

「不知道，」我說。「我跟她交談，從沒超過幾句話。」

「你喜歡她，」他又重覆了一次。

我聳了聳肩。「你得看看她的手。又修長又雪白。」

「手指甲可不。她的指甲全都有黑邊，因為種花的土。」

「對，然後呢？」

我們在凱納爾廣場邊的那棵老樹下道別。我的視線跟隨他一會兒，然後往完全相反的方向走去。閒逛過一些巷弄，沿著墓園的那堵老牆，往市集街的方向走。風大了，樹冠發出微微的簌簌聲。我有點疲倦，但是回想起剛才在田野間所看到的景象，卻又覺得輕鬆自在。走到市集街時，第一波豆大的雨滴掉了下來，在經過蘇菲．布萊爾斯的小雜貨店時，落下傾盆大雨。有一個瞬間我想像著，就這樣站在雨中、抬頭仰望天空的感覺會是如何。不過接著我開始跑了起來，因為整條街道空空蕩蕩，而我想聽自己的腳步啪啪落在小水窪上的聲音。

接下來有關雷格尼爾的消息是：有一天他突然消失了。鎮上沒有任何人知道他去了哪裡。他沒向任何人道別，也沒有人看見他離開。他憑空消失。我會常常想到他，白費力氣地試著想像，他到底是個怎樣的人。

多年光陰流逝，我變老了然後死去。葬禮舉行時，接骨木的花盛開，令人訝異的是來了許多人。雷格尼爾不在其中。他沒有來，因為他比我先走了，而這一點我永遠不會原諒他。

我的那張長椅還在嗎？還有那棵白樺樹？

國家圖書館出版品預行編目資料

荒園 / 羅伯特・謝塔勒 (Robert Seethaler) 著 ; 鐘寶珍譯 --
初版 . -- 臺北市 : 商周 , 城邦文化出版 : 家庭傳媒城邦
分公司發行 , 2019.5
面 ;　公分 . –

譯自 : Das feld
ISBN 978-986-477-653-5 (平裝)
882.257　　108005148

荒園

原 著 書 名／Das feld
作　　　者／羅伯特・謝塔勒 (Robert Seethaler)
譯　　　者／鐘寶珍
企 畫 選 書 人／賴芊曄、林宏濤
責 任 編 輯／陳名珉

版　　　權／黃淑敏、林心紅
行 銷 業 務／莊英傑、李衍逸、黃崇華
總　編　輯／楊如玉
總　經　理／彭之琬
事業群總經／黃淑貞
理 發 行 人／何飛鵬
法 律 顧 問／元禾法律事務所　王子文律師
出　　　版／商周出版
城邦文化事業股份有限公司
台北市中山區民生東路二段 141 號 9 樓
電話：(02) 2500-7008 傳真：(02) 2500-7759
E-mail：bwp.service@cite.com.tw
發　　　行／英屬蓋曼群島商家庭傳媒股份有限公司城邦分公司
台北市中山區民生東路二段 141 號 2 樓
書虫客服服務專線：(02)2500-7718・(02)2500-7719
24 小時傳真服務：(02)2500-1990・(02)2500-1991
服務時間：週一至週五 09:30-12:00・13:30-17:00
劃撥帳號：19863813 戶名：書虫股份有限公司
E-mail：service@readingclub.com.tw
歡迎光臨城邦讀書花園 網址：www.cite.com.tw
香 港 發 行 所／城邦（香港）出版集團有限公司
香港灣仔駱克道 193 號東超商業中心 1 樓
電話：(852) 2508-6231　傳真：(852) 2578-9337
E-mail：hkcite@biznetvigator.com
馬 新 發 行 所／城邦 (馬新) 出版集團【Cité (M) Sdn. Bhd. (458372U)】
41, Jalan Radin Anum, Bandar Baru Sri Petaling,
57000 Kuala Lumpur, Malaysia
電話：(603)9057-8822 傳真：(603) 9057-6622
Email：cite@cite.com.my

封 面 設 計／謝佳穎
版 型 設 計／鍾瑩芳
內 文 美 編／李莉君
印　　　刷／韋懋實業有限公司
經　銷　商／聯合發行股份有限公司
電話：(02) 2917-8022　傳真：(02) 2911-0053
地址：新北市 231 新店區寶橋路 235 巷 6 弄 6 號 2 樓

城邦讀書花園
www.cite.com.tw

■ 2019 年（民 108）5 月 2 日 初版
定價／ 380 元
Original title: Das Feld by Robert Seethaler

ISBN 978-986-477-653-5

商周出版

廣　告　回　函
北區郵政管理登記證
台北廣字第000791號
郵資已付，免貼郵票

104台北市民生東路二段141號2樓

英屬蓋曼群島商家庭傳媒股份有限公司　城邦分公司

請沿虛線對摺，謝謝！

商周出版

書號： BL5081	**書名：**荒園	**編碼：**

請於此處用膠水黏貼

商周出版

讀者回函卡

謝謝您 買我們出版的書籍！請費心填寫此回函卡，我們將不定期寄上城邦集團最新的出版訊息。

姓名：________________________ 性別：☐男 ☐女

生日：西元 __________ 年 __________ 月 __________ 日

地址：________________________

聯絡電話：________________ 傳真：________________

E-mail：________________________

學歷：☐ 1. 小學 ☐ 2. 國中 ☐ 3. 高中 ☐ 4. 大專 ☐ 5. 研究所以上

職業：☐ 1. 學生 ☐ 2. 軍公教 ☐ 3. 服務 ☐ 4. 金融 ☐ 5. 製造 ☐ 6. 資訊

☐ 7. 傳播 ☐ 8. 自由業 ☐ 9. 農漁牧 ☐ 10. 家管 ☐ 11. 退休

☐ 12. 其他 ________________________

您從何種方式得知本書消息？

☐ 1. 書店 ☐ 2. 網路 ☐ 3. 報紙 ☐ 4. 雜誌 ☐ 5. 廣播 ☐ 6. 電視

☐ 7. 親友推薦 ☐ 8. 其他 ________________________

您通常以何種方式購書？

☐ 1. 書店 ☐ 2. 網路 ☐ 3. 傳真訂購 ☐ 4. 郵局劃撥 ☐ 5. 其他

您喜歡閱讀哪些類別的書籍？

☐ 1. 財經商業 ☐ 2. 自然科學 ☐ 3. 歷史 ☐ 4. 法律 ☐ 5. 文學

☐ 6. 休閒旅遊 ☐ 7. 小説 ☐ 8. 人物傳記 ☐ 9. 生活、勵志 ☐ 10. 其他

對我們的建議：________________________

____

____

____

請於此處用膠水黏貼